月華後宮伝3
～虎猫姫は冷徹皇帝と花に酔う～

織部ソマリ　Somari Oribe

アルファポリス文庫

https://www.alphapolis.co.jp/

第一章　金桂花の蕾と銀の虎猫姫

夏の盛りも過ぎ秋の足音が聞こえはじめてきた頃。

小花園は朝早くから賑やかだった。

「朔月妃さま、こちらの収穫は済みました！」

「ありがとう。さっそく洗っておいてくれる？」

「朔月妃さま～！　こちらは全て刈ってよろしいのでしょうか？」

「ええ！　少し増え過ぎているから、半分くらい根こそぎいってしまって！」

あちらこちらから凜花に指示を仰ぐ声が飛ぶ。

本日は、小花園の雑草取りと夏の収穫仕舞い、それから秋に向けての準備を一気にやってしまおう！　という会。略して『仕舞い準備会』だ。

とにかく人手が必要なので、今日は凜花の朔月宮だけでなく、朱歌の暁月宮、霜珠の薄月宮からも助っ人が参加している。もちろん、主である朱歌と霜珠も参加だ。

――この月華後宮には、現在、凜花を含め四人の月妃がいる。

上から順に、宦官の長を祖父に持つ、弦月妃・董白春。元高位月官で紫曄や側近である双嵐の幼馴染み、暁月妃の赫朱歌。武の名門の娘だが柔らかな気質を持つ、薄月妃・陸霜珠。そして、『神託の妃』である朔月妃・虞凛花。

本来、月妃は皇后・望月妃を含め九人揃っているもの。即位から三年が経過した皇帝の妃としては異例の少なさだ。

それが許容されているのも、『白銀の虎が膝から下りる時、月が満ちる』という、月――皇帝を〝満たす〟という神託が下った『神託の妃』、凛花がいるからだ。

（後宮入り早々、主上に虎化の秘密を知られて、どうなることかと思ったけど……）

凛花は紫曄との出会いを思い出し苦笑する。

寵愛を勝ち取る気などさらさらなかった凛花が、眠れない紫曄の『抱き枕』として秘密と夜を共有するうちに、まさか寵姫と呼ばれるようになるとは。

（虎化する体質のことを調べたくて、月華宮に来たはずだったのにね）

神託によって後宮入りせざるを得なかったが、凛花には密かな目的があったのだ。国一番の所蔵数を誇る、月華宮の大書庫で『虎化』について調べたい。あわよくば、ずっと隠してきたこの体質を治したい。そう思ってきたけど――

凛花は小花園を見回す。ここは紫曄と心を通わせ、寵姫となった凛花に贈られた薬草畑だ。薬草姫とも呼ばれる凛花にとって心安らぐ場所であり、虎化の謎を解明するためにも重要な場所だ。大きな声では言えないが、後宮では禁止とされている希少な薬草が生育している。

「調査を進めるには、まずは手入れをしなくちゃね」

夏の間に茂ってしまった雑草というものは、なかなかに手強い。

まだ完璧に整備されていなかった小花園では更に重要な作業で、人手はいくらあっても足りないくらいだ。

「朱歌さまと霜珠さまの参加は本当に有り難いわね！」

後宮の妃といえば、皇帝の寵を競い合うのが当たり前の姿だ。

しかし暁月妃・朱歌は、人数合わせのために後宮へ入ったようなものだし、霜珠は父や兄たちが『皇帝に懸想している』と勘違いをし、後宮へ入れられてしまっただけ。

二人とも寵姫の座も皇后・望月妃の座も狙っていないし、欲していない。

だから馬が合った者同士、閉ざされた場所で友人として仲良く付き合っている。

「でも二人とも、畑仕事なんて初めてだろうしちょっと心配ね」

昨日から楽しみにしていたと張り切ってくれていたが……。そんなふうに凛花が思っていると、向こうから霜珠の声が聞こえてきた。

「凛花さま～！　花摘みが終わりましたわ。いい香りです！」

「霜珠さま！　皆さんもありがとうございます」

　霜珠と薄月宮の侍女たちには花の収穫をお願いした。護衛兼侍女である彼女たちは、野外での活動も体を動かすことも得意なようで、皆が楽しそうな顔をしている。霜珠も同じく満足そうで、指導役の明明も笑顔だ。元は弦月宮に仕えていた明明だが、すっかり朔月宮にも馴染み、薬屋の娘として小花園でも大きな役割を果たしている。

「凛花さま。皆様すごく手際がよくて、作業を分担したらあっという間に終わっちゃったんですよ」

「まあ。さすが武の名門、陸家ね！　明明。今後の作業の参考になるんじゃない？　筆頭侍女に話しを聞けないか、霜珠さまにお願いしてみるわ」

「はい、ぜひに！」

　軍は規律が厳しい。霜珠も含め、薄月宮の面々は幼い頃から鍛え上げられている。仲はよくとも、上下関係も命令系統もしっかりしたものがある。

　凛花も故郷で薬草園を運営していたが、元から畑で働いていた雲蛍州の民たちと、後宮に仕える宮女は違う。

（今はできるだけ、薬草や畑仕事に従事したことのある宮女を選んでいるけど、人を増やすなら全員そうとはいかない）

　人を増やし、本格的に小花園を運営していくなら、薄月宮の陸家式はきっとためになる。

（暁月宮の、神月殿式も参考になりそうよね？）

そんなふうに思う凛花の耳にまた、賑やかな声が届いた。

「凛花さま！　実の収穫を終えたぞー！」

今度は朱歌と暁月宮の侍女たちだ。畑に点在している樹木から様々な実を収穫してきてくれた。こちらの指導役である麗麗も一緒だ。

小花園といってもそれなりに広く、高さのある木も多い。そんな収穫は万が一の怪我が心配で、不慣れな宮女にはお願いし辛かった作業だ。

しかし、それを本当に、暁月宮の侍女たちにお願いしていいものかと凛花は迷ったのだが……麗麗がこう言い笑い飛ばした。「あの方たちは皆、元神月殿衛士ですよ？体力もありますし、梯子も木登りも問題ありません」と。

どうやら元同僚、麗麗の言葉の通り、無用の心配だったようだ。

それによく聞いてみれば、朱歌は月官見習いの時分に、神月殿の薬草園で収穫をしたことがあるというし、侍女たちは月官衛士の訓練で山に籠った経験があるらしい。食べられる植物や毒についての知識も一通りあるとか。体力自慢の上に、土に親しんだ経験があるのは有り難い。

「皆様、ありがとうございます！　お怪我などありませんか？」

「あはは！　あるわけないよ、凛花さま」

朱歌だけでなく、侍女たちも呵々と笑う。すると小花園付きの宮女たちから、きらきら輝く憧れの眼差しが向けられた。

なんといっても、今日の暁月宮の面々は男装姿なのだ。快活な笑顔と光る汗に、「お姐様……！」の声がささやかれている。どうやら小花園のお姐様は、麗麗だけではなかったようだ。この様子を見るに、きっと薄月宮の侍女たちも、すぐに宮女たちからお姐様と呼ばれるようになるのだろう。

（本当に、後宮入りしたばかりの頃は、まさか月妃同士でこんな交流ができるようになるとは思わなかったわ）

自分も含め、少々変わった妃が揃った結果だ。これは紫曄に感謝するべきか？と、凛花は互いの仕事を褒め合い、笑い合う女たちを眺め微笑む。

「凛花さま。ついでに天星花の蔓も伐採してきました。材料として使えそうでしょうか」

「ありがとう、麗麗！ちょっとよく見せてくれる？」

夏に星型の花を咲かせる天星花は、星祭でその花が飾りとして使われる。花が落ちたその後は、旺盛に伸びた蔓が籠など日用工芸品の材料となる。凛花はこの蔓を、ただ処分するのではなく、後宮でも利用できないかと考えていたのだ。

星祭で朔月妃である凛花の評価が上がったとはいえ、今年度の朔月宮の予算は既に割り振られている。

最下位の月妃らしく、利用できるものは利用し、上手く宮を運営しなければ。

（それにしても、星祭も終わってしまえばあっという間ね）

――あの星祭の後、『皇帝の寵姫・朔月妃』の名は月華宮だけでなく、皇都天満でも更に広く知られ、高まった。

その理由はいくつかある。ひとつ目は、奉納する花輪が何らかの理由により準備されていなかったにも関わらず、機転を利かせて乗り切ったことだ。

凛花は舞台を降り、民から天星花を譲り受け、自ら花輪を編み事なきを得た。

民にとって後宮の月妃というものは、年に数度、祭りの時に遠目で姿を拝むだけの雲の上の存在だ。その顔を見ることなど決して叶わない。そんな月妃が、民と同じ場所へ降りてきて直に言葉を交わしたのだ。彼らが感動したことは言うまでもない。

その後に奏上した祝詞も、凛花はただ読み上げるのではなく歌い上げた。

初めて間近で目にした月妃、初めて耳にする祝詞歌。更に祝詞奏上に合わせたかのように雲が晴れ、月の光が凛花に降り注いだ。

あの時、凛花が身にまとっていたのは、月の光で輝く『輝青絹』で仕立てた衣装だ。月光を浴び煌めく凛花の姿は、まるでこの国が奉ずる月の女神が、新たな望月妃の誕生を祝福しているかのように見え、皆が息を呑んだ。

そして皇帝・紫曄も、凛花と同じ輝青絹で紡いだ髪紐を使っていたことから、『冷徹な皇帝』という評判を一夜にして変えることとなった。

揃いのものを身に着けるほど寵愛している月妃が、民に顔を晒し触れあうことを許した紫曄は、『寛容な皇帝』だと囁かれるようになった。

星祭をきっかけに、凛花は『月に祝福された寵姫』となり、紫曄もまた『月に祝福された皇帝』と呼ばれ、街では今、二人の人気が高まっている。

（でも、星祭の裏側は本当に大変だったわー……）

困難に見舞われたのは、星祭当日だけではなかった。

最上位の妃で、皇后・望月妃の位を狙っている弦月妃に『祈念舞』を譲ることになった時には、『やはり最下位の朔月妃など寵姫の器ではない』という声も官から出た。だが終わってみれば、格上の弦月妃に『祈念舞』を譲ったことは、寵姫であっても、朔月妃という最下位の立場をわきまえていると評価された。

対して弦月妃には、派手な音楽と豪華すぎる衣装が、祈りを捧げる星祭には相応しくなかったと否定的な声が挙がった。

特に花輪の件は、正式に調査が行われ、弦月妃に非があることが明らかにされた。祝詞歌や輝青絹という目を惹くものがあり、更に凛花の機転もあって祭りは問題なく済んだ。しかし何かひとつでも欠けていれば、星祭は花輪を奉納できずに失敗。皇帝の面子(めんつ)を潰し、威信を汚すことになっていたと、弦月妃は宮廷で非難された。

そんな弦月妃は現在謹慎中だ。

処分自体は甘いが、『皇帝より謹慎を命じる』と公の場で決定が下されたことは、その内容よりも大きな意味を持つ。それに気位の高い弦月妃にとって、下位の者が持ち上げられ、自分が処分を受けるこの状況は屈辱だろう。

それでも、この程度の処分で済んだのは、弦月妃を推す董家派の宦官たちの介入があったからだ。その影響力は強く、表側――政の世界にも及んでいる。

弦月妃があのような浅慮を犯したのは、最下位の朔月妃だけを寵愛する皇帝に問題があると、そう囁く声もあるくらいだ。たしかに、それも後宮の価値観として間違っていない。だからこそ耳が痛い紫曄は、甘い処分を下すしかなかったのだ。

そして、その微妙な力関係を崩さないためか、または崩せないからか、星祭で評価を上げた凛花もいまだ朔月妃のままでいる。

けれども朔月宮に仕える者から、不満の声は聞かれない。

それどころか、これまで何かと不遇(ふぐう)を強いられてきたので、朔月宮の皆は機嫌がいい。主が褒められ評価されることは、仕える者たちの評価にも繋がるからだ。それと、自分たちを大事にしてくれる凛花を慕っているから、弦月妃が処分を受けたことで『ざまあみろ』と留飲(りゅういん)が下がったこともある。

（でも、皆に負担を掛けているのは変わらないのよね。なんとか朔月妃に与えられる予算が増えて、人を増やせたらいいんだけど……）

朔月宮もだが、小花園に回す専任の宮女もほしいところだ。今年は既に配属が決まり、新たに雇い入れる予算もないので増やせるとしたら来年だ。期待したい。

（――だから天星花（てんせいか）の蔓（つる）だって、利用できるものは使って節約したいのよね！）

凛花は思案を止め、手にした蔓（つる）の検分をはじめた。

籠（かご）は後宮でも市街でも、日常生活のあちらこちらで使われるものだ。厨房（ちゅうぼう）で、針子部屋で、掃除や庭の手入れ、小花園でも様々な場面で使用され、古くなったものは新しいものに取り換えられていく。

「うん。これならいい籠（かご）が作れそう」

故郷の雲蛍州でも同じように籠（かご）を使っていた。

簡単なものなら編める凛花は、籠（かご）を作る上で適している蔓（つる）のことも分かる。畑仲間だった籠（かご）作り名人に教わったことは忘れていない。

「よかったです！　それでは荷車に載せ、朔月宮に運ぶ手配をいたしますね」

「ええ。よろしくね、麗麗。約束した通り、報酬も出すからって伝えてね」

「かしこまりました。現物支給でも皆よろこぶと思います！」

周りの宮女たちも嬉しそうな顔を見せる。小花園担当の彼女たちも、蔓（つる）細工ができる者が多いからだ。

「凛花さま。現物支給とはどういうことだ？」

　話を聞いていた朱歌が不思議そうな顔をした。

「ここで収穫した薬草で作るものを、手伝ってくれた宮女たちに渡すのです。お茶や手荒れ用の軟膏、美容液、入浴剤などですね」

　薬はやはり診察しなければ簡単には渡せない。薬は毒にもなり得るものだからだ。

　今回の現物支給は、栽培、収穫したのはいいが、譲る先のない薬草のいい使い道になる。それに凛花はこの先、後宮の医局か、神月殿へ卸す交渉をしたいと思っている。

　薬草の品質も確かめたいし、様々な利用方法を探っていきたい。今回の支給は、使い道の具体案として、いい実績作りにもなるだろう。じつは一石二鳥だ。

「まあ。わたくしも自分が摘んだ花から作られるものに興味がありますわ。凛花さま。よろしければ、わたくしにも分けてください。ああ、それならもっと沢山摘まなければなりませんね！」

「私も興味があるな。よし、うちの者たちはまず麗麗を手伝おう。一人であの蔓を運ぶのは大変だ」

　霜珠も朱歌もそんなことを言い、疲れを見せずワクワクした顔で次の仕事を探す。

「ええ。作ったものは本日のお礼として、後日お持ちしますね！」

後宮は広いが、月妃は基本的に出歩かないもの。普段訪れることのない小花園での土仕事が、二人とも楽しくて仕方ないという感じだ。

「えっと、それでは――」

「凛花！」

小花園の入り口に人影が見える。紫曄たちだ。

「えっ、もういらっしゃったんですか⁉」

「おお、紫曄さまか」

「まあ、本当に主上まで」

朱歌はにっかり笑い、霜珠は驚きで目を瞬いた。本来ならば、紫曄以外の男性は入ることができない後宮だが本日は特別だ。朔月宮への出入りを許されている、雪嵐（せつらん）、晴嵐（せいらん）、黄老師（こうろうし）、兎杜（とと）も小花園へ立ち入る許可が出た。というか、紫曄が出した。

「小花園は朔月妃、凛花が管理する場所だ。ということは、朔月宮の延長のようなもの」と言い、彼らも小花園の『仕舞い準備会』に参加することになったのだ。

「待たせたな。凛花」

「いいえ、主上。早いくらいです！　あの、皆様お仕事は大丈夫なのですか……？」

紫曄たち男性陣は、朝議を終え、急ぎの仕事を片付けてから来ると言っていた。

きっと昼頃からの参加になると思っていたのだが、まだ午前中もいいところ。凛花が紫曄の後ろを窺うと、苦笑しつつ双嵐が頷いた。

　老師と兎杜は既に辺りに生えている薬草を観察している。

　紫曄をはじめ、双嵐も今日はいつもと違う装いだ。小花園での作業用に装飾を廃した気軽な衣装で、彼らにしてみれば部屋着以下の装いだろうが、畑仕事にはぴったりだ。老師と兎杜も、山歩きをする曽祖父と曽孫といった出で立ちで、兎杜はなんだかいつもより可愛らしい。

　とはいえ、皇帝は皇帝。紫曄の来訪に、小花園付きの宮女たちは作業を止めて跪いた。皆は紫曄を間近にするのは初めてのこと。

　しかも、側近付きだ。通常であれば同じ空間にいるはずのない男性たちを前にして、伏せた顔が強張ってしまっている。

「よい。皆、顔を上げて仕事を続けてくれ」

　そう言われても、宮女たちは顔を上げるどころか立ち上がることもできない。

　だが、紫曄にある程度慣れている麗麗、明明、朱歌の侍女たちは瞬時に立ち顔を上げた。霜珠と侍女たちは恐る恐る続く。

「皆、主上のおっしゃる通りにしてください」

「そうだぞ。今日の我らは皆似たような格好だ。皇帝も月妃も区別などつかないさ。私が暁月妃に見えるか？」

朱歌は無造作に結い上げた赤金色の髪を揺らし告げる。

細袴の足下はすでに泥だらけだ。

「うふふ！　そうですわね。さあさあ、凛花さま。次の仕事をくださいませ」

霜珠はかぶった笠の顎紐をきゅっと結び直す。色の白い彼女は日に当たりすぎると肌が真っ赤になってしまうらしい。

「ええ。それでは麗麗、明明、『仕舞い準備会』の作業計画図を頂戴！」

「はいっ！　こちらです」

男手も加われば更に作業は捗る。手を付けられていなかった箇所も、きっと今日中に目途がつくまでにはなるはずだ。理想の小花園に早く近付けたい。凛花も意気込み日除けの笠をかぶり直すと、大きな作業計画図を広げた。

「それでは主上、皆さま。こちらをご覧ください。収穫、準備が済んだ区画には朱で丸を付けてあります」

以前、弦月妃から贈られた植栽図を参考にして、『朔月妃・凛花の小花園』の植栽図を新たに作った。この作業図は、大まかな畑の形、区画を描いた基本図だ。同じものを何枚も作ってあるので、これから季節ごと、その時々の畑の様子を記録していく予定になっている。

（手に入れたあの植栽図は、大昔の望月妃が残したものだった。あれがなかったら、

まだ小花園は調査中で、私は手掛かりの一つも手にしていなかったかもしれない）

　だから、凛花は思ったのだ。

もしも先の世に、この植栽図（しょくさいず）を必要とする公子や公主が生まれた時のため、『雲蛍州の薬草姫』『朔月妃・虞凛花』の名で新たに書き残しておかなければならないと。

（同じ虎化に悩む者じゃなくても、薬草を必要とする人々や、後宮の薬師が役立ててくれてもいい。だって、この小花園は立派な薬草園だもの）

　商売人ではない、後宮の月妃だからこそ、できることがあるのではとも思うのだ。

「――さま、凛花さま！　大丈夫ですか？　日差しがお強かったのではありませんか？」

「あっ、ごめんなさい。ちょっと考えてしまっただけよ」

　麗麗が心配そうに凛花を覗き込み、さりげなくその体で日陰を作る。

「ありがとう、麗麗」

　説明途中でつい思いにふけってしまった。沢山の人手があると言っても、今日中にやってしまいたいことはまだまだ残っている。

「まずは麗麗と暁月宮の皆様には蔓（つる）の片付けをお願いします。それが済んだら、こちらの剪定（せんてい）をお願いいたします。細かい棘があるので気を付けてくださいね」

「任せてくれ。うちの子たちならあっという間だよ」

頷いた朱歌と侍女たちは、露出している首に手拭いを巻き、革手袋をはめ手際よく準備を始める。

「次に明明と薄月宮の皆様は、こちらの畑の植え替えをお願いいたします。肥料や苗の場所は明明が存じております。あ、球根はあちらの小屋に運び入れておいてください」

「承知しました。うふふ！　まずは掘り返して耕さなければいけませんわね。皆、頑張りましょう！」

霜珠は侍女たちを振り返り見上げる。さっそく倉庫に向かう侍女もいて頼もしい限りだ。

「小花園付きの皆は残っている草刈りと、毒草区画をお願い」

「はい！　お任せくださいませ」

「特に危険な薬草は、いつもお世話してくれている皆にしかお願いできないわ。くれぐれも肌の露出には気を付けてね。口覆いも忘れずに。あと何かあったら遠慮せず、すぐに私を呼ぶのよ？」

「かしこまりました。朔月妃さま」

上手く使えば毒は薬になり、逆に薬も毒になる。

凛花には、昔から薬草を特産としてきた雲蛍州の知識がある。そして今は、薬草と神仙の研究者である黄という師もいる。だから、小花園に残されていた毒草も活用しようと決めた。幸いここには、正しい知識と目的、意欲のある者が揃っている。明明を筆頭に、小花園付きの宮女たちは随分と薬草に詳しくなった。希少な毒草の世話は、様々な意味で信頼しているからこそ頼める仕事だ。

そして毒草も扱える資質を備えた彼女たちもまた、凛花にとって希少な人材。

だから毒草区画の作業前には、凛花は毎回、こうして念を押し注意を伝えている。

彼女たちに事故や怪我がありませんように、そんな祈りも籠めて。

「それでは最後……水路の手入れをしたい方はいらっしゃいますか？」

凛花はちらりと男性陣を見た。

「水遊びか！」と喜び手を上げたのは、予想通り晴嵐だった。雪嵐の手も掴み、一緒に上げている。秋の訪れを感じるといっても、昼間の日差しはまだ強い。しかも遮るもののない畑は想像以上に暑い。水路と聞いて、畑にいるよりも涼しいと踏んだのだろう。

だが水路はなかなかの曲者（くせもの）だ。水量が豊富なので、流れが強い場所もあり、手入れは大変な作業になるだろう。少なくとも、水遊びを楽しみながらとはいかないはずだ。道連れにされた雪嵐は気の毒に……と凛花はこっそり思う。

「ふふ！　では晴嵐さまと雪嵐さまにお願いいたします。水路は小花園をぐるっと一蔓の周し、各区画に流れ込むようになっております。手入れのやり方は——麗麗！　蔓の片付けが済んだら、双嵐のお二人に水路の手入れ手順を教えてあげてくれる？　朱歌さま、申し訳ないのですが……」

「心配いらないよ。蔓も剪定も我らだけで大丈夫だ。麗麗は双嵐に貸してやろう」

ふふん、と笑う朱歌と双子たちは幼馴染らしい空気だ。

「ありがとうございます。朱歌」

「あっという間に済ませてやるぜ」

難しい顔をしていることが多い雪嵐が微笑んでいる。あれは気安い朱歌にだからこそ向ける顔なのかもしれない。ふと、凛花が周囲を見ると、何人かの宮女が雪嵐の珍しい笑顔にぽーっと見惚れていた。だがそこで、きゃっと小さな悲鳴が上がった。さっそく水路に入りたい晴嵐が、ぽんぽん靴を脱ぎ、衣を脱ぎ始めているではないか。

「ちょっ、晴嵐さま⁉」

凛花と麗麗はぎょっとして、朱歌は馬鹿だなと笑い飛ばし、霜珠は光の消えた目で遠くを見つめた。霜珠は武の名門である実家で、大柄で筋肉と語らう暑苦しい一族の男たちに囲まれ育った。そのため男性の上半身など見慣れており、むしろうんざりなのだ。

しかし、小花園付きの宮女たちは違う。明明も皆も男性に慣れていない妙齢の女性だ。彼女たちは顔を真っ赤に染め、顔を逸らしつつチラチラ視線を向けている。

「晴嵐！　ここは後宮ですよ、もう少し自重しなさい」

「ん？　ああ」

いつもの感覚でつい脱いでしまったが、そういえばここは女だらけの場所だったか――そんなことを呟いて、晴嵐は肩を抜いた衣を大人しく直す。

「でも全員、紫曄の嫁みたいなものだろう？」

たしかに形式上はその通りなのだが、嫁とは随分違う。皇帝によっては、月妃だけでなく、日替わりで宮女を召し上げていたと聞くが、『女嫌い』とも言われた紫曄は違う。月妃でさえ、凛花以外には指一本触れていないのだから。

「まぁったく、晴嵐は相変わらずじゃなあ。主の嫁のような女人というなら、もっと礼を尽くさなければならんぞ？」

「そうですよ、晴嵐さま！　もし誰かが覗いてたりして、朔月妃さまに要らぬ嫌疑がかかったりしたらどうするのですか！」

老師は呆れ半分に茶化し、兎杜は小さな体で大きな体の晴嵐を叱る。いつものことなのだろう、晴嵐は気分を害した様子もなく、「そうだな」と頷きその叱責を受け止めている。

たしかに兎杜の指摘はもっともだ。少し前、ここには董家派の宦官と月官（げっかん）が視察に訪れた事実がある。後宮とはいえ、外部の目がないとは言い切れない。

噂とは恐ろしい。くだらない噂でも、馬鹿にはできない強い力を持っているものだ。

この場面だって、『余人の立ち入りが禁止されている小花園で、朔月妃が半裸の皇帝の側近と密会していた』と、面白おかしい噂に仕立て上げられたとしたら。

それを耳にした何割かの人々はそれを信じたり、真偽は別として面白半分に広めたりするだろう。もちろんその中には、噂を広める目的を持つ者もいるのだが。

「――凛花が俺以外の抱き枕になるとは思わんが、晴嵐はもっときっちり着なおせ。宮女たちには目の毒だ」

紫曄は凛花の肩をぐいと抱き、晴嵐の肌から目を逸らさせる。

『俺以外の抱き枕になるとは思わん』とは言っても、他の男に少しでも関心を持つことすら許したくない。皇帝とは思えないなんて可愛らしい嫉妬なのか。

凛花はつい、クスリと笑ってしまった。すると紫曄は、む、と小さく拗ねたような顔を見せ、次いでニヤリと笑う。

「凛花。他の男の肌を見る必要などないだろう？　朝まで一緒だったが、物足りなかったか？」

そう凛花の耳元で呟いたが、幸か不幸か紫曄の声はよく通る。

いいや、これはワザとだ。皇帝にその側近、月妃と高位の者が揃っている。いつもはお喋りをしながら作業をする宮女たちも、口を閉じ、いつ何を命じられてもいいように耳も澄ませているのだから。

「宮へ戻るか？　それとも隠し庭に籠ろうか」

「主上……！」

凛花は紫曄の艶のあるこの声が好きだが、今はやめてほしい。

（恥ずかしいでしょう……⁉）

今朝まで一緒だったのは本当だ。

でも物足りなかったのは紫曄のほうだろうと凛花は思う。昨晩から今朝に掛けては、少し肌寒かった。朔月宮を訪れた紫曄は、凛花の寝衣をさっさとほどき、虎となった凛花をすぐに抱きしめたくらい。

そして朝は朝で、裸体の凛花をこれでもかと抱き込んでいた。紫曄は寒がりなのだ。

それに……と凛花が周囲を見回すと、双嵐や兎杜は『またそういう誤解させることを言って』と呆れ顔で、宮女たちは再び顔を真っ赤に染め、しかし目を輝かせている。

『噂には聞いていましたが、眼福を通り越し本当に目の毒です』

『昼間から刺激が強すぎて困ってしまいます……』

『宮の房室に戻ったら、皆にこの話をしなくっちゃ……！』

そんなことを考えているであろう顔だ。決して大きな声では言えないが、仲睦まじい主たちの刺激的な噂話は、朔月宮の宮女たちにとって密かな楽しみになっている。

「もう、主上！　どうしてそういう言い方ばかりされるんですか……っ」

「照れるお前を見るのが楽しいからだが？」

何が悪い、と紫曄は意地悪な顔でニヤリと笑う。

「も、もう寝かしつけてあげませんよ……!?」

「ん？　お前こそ、撫でられるのが好きなくせにいいのか？　凜花」

それは虎の時ですから！　と、凜花はますます頬を赤らめる。

（無駄に艶っぽい声で囁かないで……！）

虎の聡耳にその声は毒だ。だが紫曄のこれは、もしかしたら無意識に欲求不満を訴えているのかもしれない。

凜花という、柔らかな極上の抱き枕を手に入れ、悩まされていた不眠症を治すどころか快眠まで得た。食欲も戻り、食事を楽しむこともできている。

だけど、睡眠と食欲に次ぐ、もう一つの欲が満たされていない。それを満たす前に凜花を横取りされたくない。

だから『誰も取ったりしませんよ』という視線にまで、自分のものだと主張し、子虎のように威嚇をしてしまっているようにも思える。

（……だとしたら、やっぱりちょっと可愛いかも）

凛花は鳩尾（みぞおち）にくすぐったさを感じて、笠の下の耳をじわりと赤くした。

「ところで凛花。隠し庭のほうはどうなっている？」

割り当てられた作業に向かう皆を気にしながら、紫曄はこそりと凛花に耳打ちした。

「まだ手を付けていません」

『隠し庭』とは、生垣の奥にある、神月殿にあったのとそっくりなあの庭のことだ。

小花園自体の整備はほぼ終わり、薬草畑としてやっと活用できそうなところまできている。しかし、あの場所は別だ。

後宮では栽培・所持が禁止されている植物があり、希少であっても正直、凛花の手に余るものばかり。中には存在自体が信じられないものまである。

「たぶん雑草が生い茂っていると思うんですよね……。どうしましょう」

あの場所の手入れができるのは、薬草、毒草の知識があり、秘密を守ることができる人間でなければならない。すでに『隠し庭』の存在を知っているのは、凛花と紫曄、それから発見時、凛花と一緒にいた明明だけ。

と言っても、明明もあの庭がどういうものなのかまでは知らない。彼女は薬屋の娘だし、薬草や毒草に関する知識、経験もある。後宮の負の部分に触れてしまう怖さも知っているので、迂闊に首を突っ込んだり、誰かに話したりもしないだろう。自分自身の体質以外にも秘密を抱えてしまった凛花にとって、なかなか理想的な侍女だ。

「明明……いいえ、駄目ね」

明明は隠し庭の『骨芙蓉』の件で、神月殿に連れ去られるという怖い思いをしている。これ以上、危険な目に遭わせる可能性のあることは避けてあげたい。

あれは星祭の準備に追われている頃だった。

小花園の調査を進める中で、天星花が絡んだ木々に囲われた、奇妙な場所を見つけた。そこには小さな祠と荒れた畑があり、後に神月殿の隠された薬草園――『隠し庭』とそっくりだということも判明する。

その小花園の『隠し庭』で見つかったのが、薬草の神、瑶姫が創り出したといわれている薬草で、猛毒を持つ『骨芙蓉』だ。非常に珍しい薬草である骨芙蓉は、雲蛍州よりも北方の険しい崖で僅かに採れるもの。それが皇都の畑で栽培されていたなんてと、凛花には二重の驚きだった。

だが骨芙蓉は、後宮で『禁止薬』とされている薬の材料となる、『禁止薬草』のひとつに含まれている。禁止薬とは具体的に、『媚薬』『避妊薬』『堕胎薬』など、生殖という人の本能にかかわる部分に作用する薬だ。

そして、月夜に虎化する『本能』を抑え込みたい凛花にとって、鍵となりそうな薬草でもある。

「――隠し庭を任せられそうな麗麗は双嵐のお二人と水路だし、どうしよう」

　高く伸びているだろう雑草の処理をするなら、背が高く力もある麗麗に協力してもらうのがいい。それに、後宮において、凛花の一番の味方は彼女だ。

　もちろん紫曄も一番の味方と言えるが、凛花の感覚的では、味方というよりも共犯者に近い。凛花の全ての秘密を知っているのは、紫曄だけだ。

（でも、麗麗には虎化のことを秘密にしているし、隠し庭をどう説明すればいい？）

「う～ん……」

「凛花。ひとまず隠し庭に手を入れるのは俺がやろう」

「えっ」

「老師が早く見たがっているし、仕事を割り振られていないのは俺だけだろう？　一人だけのんびりする気はないしな」

　紫曄は立て掛けてあった鎌を手にし、むこうで薬草観察をしている老師と兎杜を呼ぶ。

「そうですね。ひとまず老師に見ていただきましょう！　よし。では主上、こちらもどうぞ」

　凛花は背伸びで腕を伸ばし、用意しておいた笠を紫曄にかぶせた。顎下で結ぶ紐は少し長めに継いである。

「ふふ！　意外と似合いますね。主上も日除けの笠しっかりかぶらないといけませんよ？　あ、首周りに手拭いも巻きましょうか。主上って肌が白いから日焼けには弱そう」

「そうでもない。お前こそしっかり巻いておけ」

緩んでいた凛花の手拭いを紫曄が巻き直してやる。

「ああ、ありがとうござ いま――」

「これを巻けと言ったのは麗麗か？」

「はい。私もいつも自分で巻くんですけど、今日は麗麗がしっかり巻けって……」

ハッと首の後ろ、うなじを手でなぞる。手触りでは分からないが、ここは凛花からは見えない場所だ。

「主上、また悪戯しましたね……!?」

「ははは、お前の肌は赤くなりやすいからな」

そこにあるのは昨晩、抱き枕に残した口づけの痕だ。紫曄は恨めしげに見上げる凛花の頬に、ちゅと唇を寄せ「しっかり隠しておけ」と言う。

それぞれ作業をはじめている面々の表情は、『ああ、またやってる』と苦笑する側近たちと、『本当に仲がいいな』と笑う侍女たち、頬を染める宮女たちと様々だ。

この分では今夜、それぞれの宮で二人の睦まじい様子が語られ、新しい噂話が後宮を巡ることになりそうだ。

「主上！　だから皆の前ではほどほどに……！」

「程々ならいいんだな？」

ニヤリと笑う紫曄は本当に上機嫌だ。

朝まで朔月宮にいて、午前のうちにまた凛花の顔を見られることなど滅多にない。

この月華宮は、表も裏もまだ平穏ではなく、紫曄のもとには不穏な報告が次々と届いている。届くだけマシかもしれないが、そのどれもが正しい知らせとは限らない。罠や嫌がらせが混じっているものとして対処するのが正解だ。

今、紫曄が気を抜ける場所は、凛花の傍だけなのだろう。双嵐とは幼馴染でお互い信頼し合っているが、立場と仕事は付いて回る。

月華宮を離れ他国にお忍びにでも行かない限り、完全に肩の力を抜くのは難しい。

そんな事情があるにしても、今日の紫曄はやりすぎだ。凛花に意地悪を仕掛け、揶揄い半分に触れたいのは分かるがこれでは作業が進まない。

「これ、主上。息抜きは構わんが、意地悪も程々にせんと凛花殿に嫌われますぞ！」

「そうですよ！　さあ、僕たちもお仕事をはじめましょう。朔月妃さま！」

目ぼしい薬草観察を終えたらしい爺曽孫が、じゃれる二人の後ろでそう言った。

◆

「おお！　これが『隠し庭』か……！」

「うわぁ……すごいですね」

以前、見つけた木戸から庭に入った。だが予想通り、夏のあの夜よりも随分雑草が茂っている。真夏の盛りに手をいれなかったのだから当然だ。

「老師、兎杜も口覆いを。それからできるだけ肌の露出は避けてください。手袋もしましたね？」

頷く二人を確認して、凜花は紫曄と共に道を作るべく雑草を刈って進む。

すでに凜花はここに何度か一人で入り、生えている植物の調査をしている。その時にそれぞれの畑を縄で囲っておいた。それに地面には、剥がれて壊れているが石畳の痕跡がある。それらを目印にぐんぐん雑草を刈っていけば、道を作るのはそれほど難しい作業ではない。

「ふう。こんなもんですね」

凜花は袖で汗を拭って言った。先頭に立ち草むらを進んだ凜花は、頬に泥汚れを付けている。最初は紫曄が先頭に立っていたのだが、紫曄は鎌を使い慣れていなかった。

だからまず、大きい通路を凛花が切り拓き、紫曄は小さな通路を担当した。

「随分と汚れたな？　ああ、擦り傷も作ってるじゃないか。すまない。コツは掴んだから次からは任せろ」

「ふふっ。いいんですよ、主上。私は慣れてますから！」

鎌を使い慣れている皇帝がいたらおかしいのだ。それに凛花は、泥汚れも擦り傷も気にしていない。こんなものは土仕事をしていれば当たり前だからだ。

けれども、少し落ち込む紫曄が妙に可愛らしくて、凛花は笑みをこぼす。入り口付近で観察しながら待っている老師と兎杜は、道ができたことにまだ気付いていない。

「……主上。今日、この後のご予定は？」

「夕刻手前には仕事に戻って、会議がひとつ。あといくつか報告を聞いて……まあ、そのくらいか」

「それでは……今夜も朔月宮にいらっしゃいますか？」

凛花の言葉に紫曄は目を見開いた。こんなふうに、凛花が紫曄を誘う言葉を口にするのは今までにないことだ。紫曄の視線を感じるが、凛花は俯き笠でその顔を隠す。この頬の熱さはきっと、日差しのせいではない。こんな照れた顔を見せるなんてできるはずがない。すると見えない笠の陰から、フッという忍び笑いが聞こえた。

「行く」

「……っ！　はい。とっておきの薬草湯を用意しておきます」

凛花がそろりと見上げると、柔らかな笑顔を浮かべる紫曄が見えた。そして笠に紫曄の指が掛かり、凛花の顔にその影が落ちた時――

「朔月妃さまー！　もうそちらへ行ってもよろしいでしょうかー？」

兎杜から大きな声で呼ばれてしまった。

「あっ、ええ！　どうぞー！」

凛花は紫曄からパッと離れ、大きな声でそう返した。紫曄からは「兎杜め……」と少々恨めしげな声が聞こえたが、そろそろ気を引き締めなければいけない。

この場所は、まだ気を抜ける場所ではないのだ。凛花が少しづつ見て回っていたとはいえ、本格的な調査はこれから。

（ここ、雑草は伸びていたけど、長年放置されていたにしてはそれ程でもないのよね。たぶん生い茂っては自然に枯れ、また芽吹いては茂るの繰り返しだったせいだわ）

土の栄養が少なくなっていて、ある程度までしか繁殖（はんしょく）できなくなっているのか。それとも、もしかしたら生えている毒草が強すぎるせいで、雑草すらあまり繁殖（はんしょく）できないのかもしれない。凛花は研究者ではない。薬草を育ててきた経験だけでは、分からないことが多すぎる。ここは専門家に任せるのがいい。

「さて、どんな曲者（くせもの）と出会えるか楽しみじゃな」

「黄老師。突然のお願いでしたのに、快くお受けくださりありがとうございます。よろしくお願いいたします」

「よいよい。主上と凜花殿が何やらコソコソ探っているのは気付いておったからの」

さっそく見て回る老師は度々足を止め、険しい顔で薬草を見つめている。

後ろを付いていく兎杜は、老師に呼ばれる度に驚いた顔を見せ、その都度、手元の帳面に筆を走らせる。

「……老師。俺たちの隠し事に気が付いていたのか」

「あっはは！　主上よ、馬鹿にするんでない。爺だけじゃないぞ？　雪嵐と晴嵐、それに麗麗は随分心配しているようじゃ」

凜花はぐっと眉根を寄せた。

やはり麗麗に余計な心配をさせてしまっていた。麗麗には世話ばかり掛けているのに、隠し庭のことだけでなく、紫曄との夜のこと、虎化の秘密も明かしていない。尽くしてくれる大切な侍女に対して、秘密が増えていくのは心苦しい。

「まあ、話せないのも分からなくはないがの。爺にもまだ全ては話しておらんじゃろう？」

黄老師は『神仙と薬草の研究者』で『大書庫の主』だ。前皇帝や、その前の皇帝のもとでも重用されていたと聞く。この小花園を作った大昔の望月妃についても、何か知っていてもおかしくない。

（もし大昔の望月妃が人虎で、老師がそれを知っていたら……）

だとしても、やっぱり秘密を人に明かすのは怖い。凛花はそう思う。隠し庭はまだ、凛花の秘密そのものではない。だがその一端が垣間見える重要な場所ではある。

（少しずつ、信用できる人の手を借りていけたらとは思うけど……）

「全てをお話しできず申し訳ございません。老師」

「老師、兎杜。この庭のことは決して口外しないよう頼む」

深く頭を下げる凛花に寄り添い、紫曄も言葉を重ねる。

「はい」

「分かっておるよ。爺は二人の味方じゃ。しかしここは……何を目的に作られた庭か。祠も気になるし、これは月官の意見も聞きたいところじゃなあ」

老師は二人に意味ありげな視線を向ける。

——月官といえば、碧だ。

星祭で得てしまった凛花のおかしな崇拝者、月官で薬師でもある碧をここに招けば話が早いし、進展も望めそうではある。だが、ここは後宮だ。外部の者を招き入れることはかなり難しい。それにあの碧だ。紫曄が許すわけがない。

白虎の凛花を崇拝しているらしいが、碧にとって『白虎』と『白虎に変化する凛花』のどちらがより大切なのかがまだよく分からない。研究と称して何をしでかすか不明で危険でもある。

　彼を星祭中に一時保護した朱歌も、神月殿である程度長く付き合ってきたが、『碧は所謂変人なのでよく分からない』と言っているくらい。

　出会ったばかりの凛花や紫曄にはもっと訳が分からない男だ。

　虎化の謎を解き明かすために重要な人物であることは確かだが、どのように関わっていくべきか、どの程度信用していいものか、凛花はその塩梅をまだ掴めずにいる。

「ま、ここは爺と兎杜が調査を進めてやろう。後で月官に意見を求めても遅くはない。信用できる月官が見つかったなら、爺の研究仲間ということにして招くがいい」

　凛花と紫曄は頷く。有り難い申し出だ。

　老師は紫曄の太傅。その影響力は強い。それに星祭での一件も話せることは話してある。紫曄の大事な相談役は、いまだ月華宮を掌握しきれていない紫曄の盾であり、矛であり、耳の一人でもあるだろう。

（長く皇帝に仕えてきた老師は、私や主上が知らないことも知っている）

　老師の信を得て、その知識を全て貸してもらうことができたらと思う。

　しかし、老師はそんなに甘くない。

（老師にとっては、私も碧と同じね。師事を受けていても、全幅の信頼を得るまでに

はいっていない）

　星祭の一件も、その他の出来事も、きっと紫曄の妃として相応しいか、試されているのだとも思う。

「黄老師。ここをお任せいたします」

「おうよ。楽しみじゃ！　一体どんな植物があるのか、調べ甲斐があるわ」

「ふふ、頼もしい限りです。兎杜もよろしくね」

「はい！　記録は僕にお任せください！　朔月妃さま。秘密もしっかり守ります。ご安心ください！」

　凛花は微笑み頷いた。

（うん。私も自分にできることをやらなくちゃ）

　凛花には、ずっと気になっていたことがある。

　この月華宮の皇帝と望月妃、それから神月殿には、虎化の謎を解き明かすための手掛かりが存在していた。それも三冊の書物に分けられ、秘密を隠すように、守るように残されていたのだ。

（雲蛍州の虞家（うち）にも、何か残っているかもしれない。ううん、残っているはず）

　たぶん虞家は、月魄国（げっぱくこく）で唯一、虎化を受け継いでいる一族だ。

　明日にでも、当主である父に古文書を探し送ってくれと文を送ろう。

（それにしても、どうして皇帝だけに閲覧が許された『輝月宮の書』に、白い虎が描かれていたのか――）

凛花は星祭の後、紫曄に見せてもらったあの書物のことがずっと引っ掛かっていた。

三冊揃え、比べてみなければきっと本当の意味は分からない。

どうしてそこまでするのだろう。あの書物は、どんな目的で記され、何を残し、何を隠そうとしていたのか。それにもし、虞家にも書物が伝わっていて、四冊に増えたなら、謎が深まるのか、それとも解明できるのか。

（……分からないことだらけだわ）

隠し庭の毒薬草たちが、さわさわと揺れている。風に乗り香っているのは、また蕾の金桂花だ。凛花の鼻だけに届くその香りが妙な胸騒ぎを感じさせ、凛花は紫曄の袖をそっと握った。

紫曄と共に隠し庭を出た凛花は、水路で双嵐を手伝っている麗麗に駆け寄った。

「麗麗、ご苦労さま！　作業はどう？」

「凛花さま！　いけません、濡れてしまいます」

「いいの。水路は大変でしょう？　麗麗と一緒に作業をしたいし、主上も少し涼みたいそうだし」

ね、と凜花は紫曄を見上げる。

「そうだな。お前たちだけでは手が足りていなそうだし、やるか」

凜花と紫曄は、共に裾を捲り上げ、腕まくりをして水路に入る。小花園を潤すこの湧き水は、思ったよりも冷たくて気持ちがいい。

ふと見れば、水遊びがてらと水路を選んだ晴嵐は、ずぶ濡れになりながら、楽しそうに崩れた水路を補修している。あれでは脱いだほうがよかったかもしれないと凜花は笑い、麗麗は呆れた顔をしていた。

「紫曄は晴嵐から離れて作業をしたほうがいいですよ。こうなりますから」

ずぶ濡れでそう言った雪嵐は、珍しく眼鏡を外している。うっかり割られては困ると用心してのことだろう。泥が跳ねている顔はうんざりしている。

「はは！　晴嵐にやられたのか。相変わらずだなあ」

「まあ、いい息抜きになっているようですが……」

こんな酷いなりでどうやって戻りましょう。雪嵐は、はぁ～と溜息を吐いた。

◆

昼を少し過ぎた頃、凜花たちは朔月宮へ移動して皆で昼食を取った。

そして紫曄と双嵐の参加はここまで。晴嵐は水路の整備が楽しかったようで、生乾きのまま疲れも見せずに帰っていった。

それから雪嵐も、意外なことに「また手伝いにきます」と麗麗に告げていた。

「さて。主上らは帰ったが我らはもう少しやるぞ、兎杜」

「はい！　老師！　小花園へ戻りましょう！」

爺曽孫組は、この機会にしっかり記録を付け、見本として各区画の薬草を採取していくそうだ。この調査の後、輝月宮の書にあった『隠し庭の植栽図』ともしっかり見比べてもらう予定だ。

「朱歌さま、霜珠さま。お手伝いありがとうございました。午後からは小花園付きの者たちだけで手が足りそうですので、お二人にお茶をご馳走させてください」

これは暁月宮、薄月宮の体力自慢の侍女たちが張り切ってくれたおかげだ。思った以上に作業が進んだので、午後は刈った草の片付けだけで済む。

「まあ。ありがとうございます、凛花さま。わたくし、お二人ともっとお話しをしたかったんです」

「それは嬉しいな。麗麗、美味しいお茶を淹れられるようになったと聞いている。楽しみにしているよ」

「はい！　本日は、秋の始まりらしく金桂花茶を用意しております。お着替えをお済ませになりましたら、庭までお越しくださいませ」

泥と汗で汚れたままの姿でお茶に招くのは申し訳ない。一旦解散にして、あらためてお茶の時間に二人を招待することにした。

と言っても、凛花は二人の侍女たちに、どうか気軽に来てくれとお願いをした。通常、月妃同士のお茶会となればある程度の礼儀が求められる。しかし小花園で泥にまみれた仲だ。きっと二人ともさっぱりした装いで再訪してくれるだろう。

「朱歌さま、霜珠さま。またあとで、お待ちしておりますね！」

凛花は手を振り、二人をひとまず見送った。そして凛花だけでなく、麗麗と明明も大急ぎで湯を浴びる。お茶会の準備をしなければ。少し遅めの時間に約束したので、朱歌や霜珠には少し昼寝をする時間もある。

（でも、あのお二人も体力がありそうだし心配ないかな）

まだ乾かぬ髪を梳かしながら、凛花はいつもの庭で風に当たっていた。

「……金桂花の香り？　小花園にもあったわね」

今は蕾の時期。花が咲くにはまだ早い。

しかし凛花の鋭い嗅覚は、微かなその香りにも気が付いた。金桂花は秋を代表する花で、濃い黄色の小さな花を咲かせる、強くて華やかな香りが特徴の樹だ。

金桂花――金木犀とも呼ばれるが、月には『桂花』の巨木が生えているという伝説がある。その月から落ちた花が種となり、根付いたのが月魄国の金桂花だと言われている。

「だから月華宮には金桂花が多いのかな」

月魄国は月の女神を崇める国だ。神月殿に薬院があるのも、『月に住む兎が薬を作っている』という伝説があるからだ。

（でも金桂花は、私にはあまり馴染みがない香りね）

凛花の故郷、雲蛍州では、金桂花はあまり見られない。気候が違うせいか土地のせいなのか、雲蛍州に多いのは同じ桂花でも『銀桂花』のほうだ。

銀桂花は、金桂花とは違い淡く涼やかな香りを持つ花だ。同じく樹木で花の形も似ているが、色は白っぽい。

だから金桂花と対をなすように銀桂花と呼ばれるのだと思う。

「今頃、薬草畑の周りでいい香りをさせているのかな……」

懐かしい。普通は花が咲くまでその香りを楽しむことはできない。これは鼻が利く凛花だけの特権だ。膨らんでいく蕾を愛でながら、ひとり香りも密かに楽しんでいた。

凛花はまだ馴染まぬ金桂花の香りを嗅ぎ、物思いにふける。すると遠くから、早足で歩く麗麗の足音が聞こえてきた。

「凛花さま！　お待たせしました。さあ、髪を拭きましょう」

「ふふ。麗麗もしっかり乾かさなくてはだめよ。お客様をお迎えするんだから」

「あっ、そうですね。では凛花さまを先に！」

麗麗はよく水を吸う手拭いを何枚も用意して、凛花の髪を梳き丁寧に拭いていく。

まだ日が高く、風もあるので、しばらくここにいれば乾く。

「ねえ、麗麗？　月華宮って金桂花が多いのね？」

「はい。月妃の各宮にも必ず植えられていますし、中央の御花園にも沢山ございます。もう少しすると咲きはじめますね」

「銀桂花はないの？」

「銀ですか？　……申し訳ございません。どういった花でしょう？　金桂花なら街にも、それこそ国中にあると思うのですが……銀ですか。銀……桂花？」

むむ？　と麗麗は眉根を寄せて首を捻る。一生懸命、記憶の中を探しているようだ。

「私の勉強不足のようです……。侍女失格……申し訳ございません」

「えっ、そんなことないわ!?　大丈夫よ、誰にだって知らないことはある。私なんてほら、麗麗が得意な武術のことはよく知らないし、得手不得手っていうやつね！」

月華宮には、金桂花はあるのに銀桂花はない？

それとも同じ時期に咲くけれど、地味なほうは目立たず知られていない可能性もある。金桂花は色も香りも派手だが、銀桂花はどちらも控えめだ。

「銀桂花はね、雲蛍州には沢山あるの。金桂花と似ているけれど、香りはあまり強くなくて、白く可愛らしい花を付けるんだけど……。ここにはないのかしらね」

「似ている白い花……？　あ、もしかしたら神月殿にあったかもしれません。神月殿にも金桂花が沢山あるのですが、奥の庭に金桂花と対になる花があると聞いたことがあります」

「それは銀桂花かもしれないわね。神月殿に行くことがあったら見せてもらえるかしら」

「それでしたら、この秋にきっと見られますよ！」

「え？」

「来月には秋の『月祭』があります。凛花さまは主上とご一緒に、おそらく神月殿へ行くことになるでしょう。月祭では、神月殿の奥の宮で儀式があると聞いています。金桂花と対の花はその周辺にあるのではないでしょうか」

「儀式か……」

（神月殿の奥で儀式をやる場所といったら、この前の神月殿詣で泊まったあの宮じゃない？）

　あの日は薬草園にばかり気を取られていたので、凛花の記憶の中には金桂花も銀桂花もない。まだ蕾が付く前だったせいもあるが、青々と茂る木々に紛れてしまっていたようだ。

「凜花さま、故郷ではどのように月祭を祝うのですか？」

「雲蛍州ではね、銀桂花酒と金桂花餅をお供えして、皆でお月見をするのよ」

月祭は、月と秋の収穫に感謝するお祭りだ。

だから金桂花餅の入れ物は、天星花の蔓で編んだ籠と決まっている。そして銀桂花酒のほうは、月が綺麗に映るよう、白い杯に注ぎ祭壇へ供える。

月が一番綺麗な中秋の名月、十五夜を楽しむお祭りだ。ちょうど秋の収穫とも重なるので、月の加護に感謝を捧げるのだ。

「まあ。雲蛍州らしいですね！」

「……ん？　もしかして、月華宮の月祭は違うの？」

ふふ！　と笑う麗麗の声に、凜花は星祭の祝い方も、故郷とは違っていたことを思い出す。

「そうですね。収穫という意味合いはあまりありません。皇都の月祭は、儀式としての意味合いが強くなっています。平たく言うと、皇帝の威信を見せるため、月の加護を称え、感謝を捧げる祝祭です」

「そうなのね⁉」

聞いておいてよかった。

また皆と祭りの内容が噛み合わないところだった……！

「それじゃあ月妃の役割は？　星祭のように何か準備することはある？　あっ、もしかして麗麗はもう準備を始めていた⁉」

もしそうだったなら、小花園の『仕舞い準備会』などやっている場合ではなかったのでは？　朱歌や霜珠にも実は迷惑をかけてしまっていたり……

「いえいえ、大丈夫です！　星祭とは違い、月祭では月妃のお役目は特にありません。主上が祭壇で祈りを捧げる時に参列するだけですよ。民に広場を解放することもありませんし、星祭と比べたら準備は楽なものです」

「あっ、そうなのね。よかった……」

星祭のような賑やかさはないが、皇都中に金桂花の花や酒、茶、菓子などなどが溢れるそうだ。民はそれぞれに月を称え、感謝の月見をする。皇都と月華宮の月祭は、本当に儀式と祈りの祭りのようだ。

そして金桂花酒には、その年の出来で皇帝の治世を占う――なんて話もあるとか。

金桂花酒は月の加護が溶けている酒。月の女神の祝福を分け与えてもらう特別な酒だそう。

（雲蛍州では、月祭のお酒は銀桂花酒だけど、皇都では金桂花酒なのね）

そんなところも違うのだなと、凜花は銀桂花の香りがしない月祭を少し寂しく思う。

「月祭の本番は、神月殿で皇帝が行う金桂花酒の奉納です。十五夜の夜に特別な奥宮で行う儀式だそうです。……多分、今回は凜花さまがご同行されることになると思います」

「ああ、さっき言っていたやつね？」

凜花は後ろを振り返る。髪はもう随分乾いてきた。

「はい。神月殿での儀式には、望月妃、もしくは最上位の妃が同行する決まりだそうです」

「それは……私ではないいんじゃない？」

凜花は望月妃ではないし、最上位どころか最下位の朔月妃だ。その条件には当てはまらない。

「まあ、凜花さま。寵姫というのは、事実上、最上位の月妃です。主上にも望まれているのですから、もっと自信をお持ちください」

「ああ……。ええ、そうね」

紫曄にそう望まれているのは分かっている。凜花も嫌なわけではない。

だけど凜花には、それを受け入れ難い事情がある。

（麗麗には、『小花園に近いから』『こぢんまりとした朔月宮が性に合っているから』『改造した庭畑に愛着があるから』なんて言っているけど……）

でも、本当のところは違う。虎の血を繋いでしまうことが怖くて、凜花は本当の意味で紫曄の妃になれていないし、望月妃になる決心もまだついていない。

「ごめんなさいね、麗麗」

「いいえ、私こそ出過ぎたことを申しました。いくら主上が凜花さまを望んでいても、弦月妃さまの後ろ盾の力が衰えぬ限り、望月妃になることは現状まだ難しいでしょうし……」

「うん」

それが現実だ。紫曄の一言で強硬することは可能だが、それでは月華宮の表も裏も、真っ二つに割れてしまう。弦月妃の後ろ盾――董宦官の一派は、官吏だけでなく神月殿とも繋がっているのだ。

皇帝と官吏が働く表、皇后・望月妃と宦官が支配する後宮、月を奉る月官たちの神月殿。この三つが互いに支え合い、均衡を保っているのが月魄国だ。

どこか一つが力を持ちすぎてもいけないし、その力を喰われてもいけない。等しく力を持ち、正しく振るい、協力し合うのが理想の姿だ。

(今は逆ね。互いに喰らい合って、ギリギリのところで均衡を保っている)

「……私はこの朔月宮が好きだけど、でも、寵姫がそれを言うのは我儘だということも理解しているわ」

凛花は少し俯き加減で言う。寵愛をいただく妃として相応しい位があるのは当然だ。

凛花は最下位の『朔月妃』だが、通常、寵姫には高い位が用意されるもの。

出身や後ろ盾の強さも影響するが、とはいえ月の女神を敬う月魄国において、寵姫が『一番細い月』の名で呼ばれるのは異例中の異例。

皇帝の威厳にかかわると、そんな声があるのも事実だ。

「いっそのこと、凛花さまに特別な寵姫の称号でも授けてくださればいいのに。それなら朔月妃のままでも問題ないのではありませんか？」

いやでも、特別な称号は余計に嫉妬を買うか？　麗麗は首を傾げて呟く。

寵姫。神託の妃。皇帝の抱き枕。薬草姫。

凛花は様々な呼び名で呼ばれているが、公的な立場はあくまでも『最下位の月妃・朔月妃』だ。後宮で一番軽く、価値の低い妃の名である。

(称号か。『神託の妃』がそれに近いことは近いけど……)

凛花を後宮へ誘い、紫曄と出会わせた神託。

――月の女神さま。『白銀の虎が膝から下りる時、月が満ちる』とは、あなたはどのような意味でおっしゃったのですか？

月祭で、そんな風に月の女神に訊ねることができたらいいのに。凛花は思う。

月の女神の口が軽くなるのは、金桂花酒だろうか？　それとも銀桂花酒だろうか。

（私はすっきりとした銀桂花酒のほうが飲みやすいけど……）

といっても、凛花はあまり酒に強くないので舐める程度だが。皇都の月祭で供されるのは、華やかで甘い金桂花酒だ。月の女神の好みも、そちらかもしれない。

（そういえば、主上とお酒を飲んだことってないな）

不眠がちな紫曄にとって、就寝前の酒はよくない。だけど月祭では、お供えの酒を必ず飲むことになる。さて。紫曄の好みは銀と金、どちらだろうか？

凛花はさらりと揺れる銀糸を指で弄び、月祭の夜をほんのり楽しみに思った。

◆

朔月宮を再訪した朱歌と霜珠は、月妃のお茶会にしては控えめの装いと化粧。

凛花は素直に受け止めてくれた二人に微笑むと、こぢんまりとした朔月宮の素朴な庭に案内した。

「お二人とも、ようこそいらっしゃいました！」

麗麗が用意したお茶は、予告通りの金桂花茶だ。香り高くほんのり甘いお茶に合わせる菓子も並んでいる。もう少ししたら、芋や栗など秋らしい素材の菓子も加わるのが楽しみだ。

「うん。麗麗、おいしいよ」

「ああ、いい香り。もうこんな季節ですのね」

朱歌は麗麗に笑顔を向けた。元神月殿衛士ながら、畑違いの侍女仕事に励む昔馴染みを褒める。霜珠も同様だ。彼女の侍女も、麗麗と似た経歴を持つ者が多い。

だからこそ、麗麗の淹れたお茶の味が胸を打ち、自然と顔がほころぶ。

「金桂花の季節といえば月祭だな。まあ、私などは神月殿で月官をしていた時より暇だろうが、星祭も終わったばかりというのにここは忙しないな」

「そうですね。それに月祭では何事もなければよいのですが……。弦月妃さまのお気持ちも分からなくはありませんけど、やり方がいけませんわ」

霜珠は眉をひそめ、ぽそりと言った。霜珠が知っていることは、弦月妃が奉納の花輪を隠し、他にも何かしたらしい……ということだけ。朱歌はもう少し踏み込んで、碧が何かをやらかしたことまでは知っている。

「あのような卑怯なやり方、わたくしは好きではありませんわ。やるのならば、正々堂々でなくては！」

愛らしく儚げな容姿だが、さすが陸家の娘だ。やはりそういう考え方なんだなと凛花はクスリと笑う。

「はは！　そうだな。しかし月祭では、正々堂々も何も、そんな心配はいらないさ。

儀式をするのは主上だし、その場は神月殿の奥。宦官や弦月妃さまの手出しは困難だよ」

それに……と、朱歌は神月殿の情報も凛花たちに話す。

明明の拉致と星祭をきっかけに、神月殿での副神月殿長一派の力は低下したらしい。碧を手引きしたのは弦月妃を推す宦官だ。表沙汰にならなくとも、何人かが地方に飛ばされ、碧は薬院で謹慎をしているという。

凛花には、研究三昧を楽しんでいる碧が目に浮かぶが。

「霜珠さまと凛花さまだから言ってしまうけど、物理的に首が飛んだ者もいるからね。さすがに弦月妃さまでも、謹慎継続で月祭は欠席じゃないかな」

朱歌がニヤリと笑い、意味ありげな視線を凛花に向けた。

「まあ。しばらくは大人しくお籠りしてくださるといいですね、凛花さま」

「ええ。本当に」

「弦月妃さまは、ご自身が謹慎程度で済んだことに感謝をするべきですわ」

『首が飛んだ』と血生臭い言葉が出たが、霜珠は全く気にしていない。それどころか、随分と甘い処分だと思っているよう。こういうところも、武の名門出身なのだなと感じさせる。しかし朱歌は、凛花の返しに対して穏やかに微笑むだけ。

そして凛花は、そっと目を伏せ深く頷く。

（そうね。隙を見せてしまった私にも責任はある）

弦月妃があんな杜撰な暴挙に出たのは、結局は凜花が舐められていたということだ。月妃のせいで人生が変わった者がいる。朱歌はそれを『分かっているよね？』と凜花に伝えている。

（寵姫――望月妃とはそういうもの）

朔月妃とは段違いの、重い責任が伴う立場だ。もちろん朔月妃にも、州侯の娘にも責任はある。だけどその重さも、種類も、向けられる視線も、期待の大きさも違う。

紫曄に望まれたから望月妃になる。『望月宮の書』が見たいから位に就く。そんな軽い気持ちでなってはいけないと、凜花はあらためて思った。

皇帝に添う皇后・望月妃とは、そのような軽い気持ちで耐えられる位ではないのだ。

（弦月妃さまは、それを分かっているのかな……）

凜花はそんなことを思い、ふんわり香る金桂花茶を飲み干した。

三人はしばらくお茶とお喋りを楽しみ、日が傾く前にお開きとした。

凜花が二人を朔月宮の門まで案内し、それでは……と朱歌と霜珠を見送ろうとしたところで、耳に軽い足音が届きそちらに目を向けた。

「――……さま！　お待ちくださいー！」

兎杜だ。小花園から走ってきたらしい兎杜がぱたぱたと駆け寄ってくる。よく見れば、両手に何かを抱えているがあれは何だろうか。

年齢のわりにしっかりしている兎杜が、月妃の宮の前を走るなんて珍しいこと。

三人の月妃と侍女たちは、走る兎杜が目の前に来るのを待つ。

「ハアッ、朔月妃さま、皆さま、失礼いたします！　どなたかこちらをお忘れではないかと……っ！」

兎杜は息を切らし走りながら、いくつかの笠と、泥のついた上衣を掲げて見せた。いずれかの妃のものだろうと、急いで届けにきてくれたようだ。

「あら！　薄月宮のものですわ！」

小花園を出る時に外して、うっかり置いてきてしまったようだ。侍女の一人が失態に慌てた顔をしている。

それにしても、まだ少年の兎杜が抱えているものだから、顔が半分隠れているし、今にも落としてしまいそうで危なっかしい。薄月宮の侍女が駆け寄ろうとしたが、霜珠がやんわり留めて兎杜に駆け寄った。と、その時、ふわっと風が吹いた。兎杜が抱える上衣の袖が生垣に引っ掛かり、しかし兎杜は気付かず――ビリリッ。

「えっ？」

「あら」

見上げる先、枝に引っ掛かった上衣が裂けてしまった。

兎杜は思いもよらない失敗に硬直し、腕からぽとりと笠を落としてしまう。

「あらあら」

霜珠は落ちた笠を拾うと、少し腰を屈めて兎杜と目線を合わせて微笑む。小柄な霜珠だが、まだ兎杜よりは背が高い。

「も、申し訳ございません！　僕、なんてことを……！」

慌てて頭を下げようとすれば、ポトリ、ポトリ。また笠が腕から零れ落ちていく。

「あっ、えっ！」

兎杜の手が空回る。滅多に失敗などしない兎杜の、いつも落ち着き大人びている顔が強張っていく。

どうして、よりによって月妃たちの前でこんな失敗をしてしまうのか。兎杜は霜珠を目の前にして、どこにでもいる普通の子供のように立ち尽くしてしまう。

「いいのよ。上衣はわたくしが取りましょう」

霜珠は微笑み、まず笠を拾って侍女に手渡すと、背伸びをして枝に手を伸ばした。

そして――

ビリッ。

「あら？」

今度は霜珠の袖が枝に引っ掛かり、袖が派手に破れてしまった。

「あらあら。やってしまいましたわ」

「ああ⁉　僕のせいで……！　あっ、薄月妃さま、う、腕が……！」

見上げる兎杜の目には、霜珠の白い腕が晒されていた。傷こそついていないが、豪快に破れた袖は肩まで裂けていた。

兎杜は大慌てで自分の上衣を脱ぐと、つま先立ちで霜珠の肩に掛けその肌を隠す。抱えていた笠は全て落としてしまったが、そんなことは気にしていられない。

「まあ、兎杜殿。お気遣いありがとうございます」

「い、いいえ！　僕こそ……！」

兎杜が一瞬見てしまったその肌は、本来なら絶対に目にするはずのないもの。そして、兎杜が決して見てはならないものだ。だけど兎杜の目には、すっかり焼き付いてしまった。小花園で日に晒され少し赤くなった手の甲と、真っ白なままの腕の差に目がチカチカしてしまう。

「本当に、僕、大変失礼いたしました‼」

兎杜は深々頭を下げると、足下に散らばった笠をかき集め、その場から走り去っていった。

「あら？」

「おやおや。可愛らしいじゃないか」

「兎杜ったら、笠を持って行ってしまったわね。麗麗、悪いけどあとで取りに行ってくれる？」

「かしこまりました。しかし、あんな兎杜は珍しいですね？」

月妃たちは不思議そうな顔で小さな背中を見送り、霜珠は肩に掛けられた気遣いに、ほころぶような笑顔を浮かべていた。

霜珠にとって兎杜の印象といえば、後宮へ入ってすぐの公開調練で堂々と指揮をした姿が強い。澄ました顔で紫曄に付き従う姿や、たまに訪ねた朔月宮で交わす挨拶は、落ち着きしっかりしていて大人のような子供だと思っていた。

けれど、今日一日でだいぶ印象が変わった。

あの子でも失敗をするのだと思ったし、小花園で薬草を観察する姿は、子供らしくはしゃいでいたし、あの年頃らしく元気もあり余っていた。

「ふふ。わたくしにも、あんな弟がいたらと思ってしまいますわ」

霜珠には、大柄で心身ともに強くたくましい兄たちがいる。全員もれなく筋肉を崇め、大きく強いことに誇りを持つ兄たちだ。そんな兄たちに、『小さく可愛い妹』と庇護され愛され育った霜珠は、自分よりも小さな兎杜が上衣を貸してくれたことが嬉しく、衝撃だった。

幼くとも聡明で、大人たちにまじって堂々と働き、こんな心遣いもできる兎杜。

もしも兎杜のような弟がいたら自分も、もっと強く在ろうとしたかもしれない。父や兄の心遣いに押し切られ後宮へ入ることなど、なかったかもしれない。そんなことを思ってしまう。

（小さくとも、兎杜殿は立派だわ）

この後宮入りは、よかれと思って家族が骨を折ってくれたことだと分かっていた。だから勘違いだ、月妃になりたくはないと言えなかった。

（わたくし、情けないわ）

家族の苦労と心遣いを台無しにしたくないと、強く拒否もできず諦めて後宮へ入ったくせに、今になって文句を言うなんて卑怯者のすることだ。

後悔するくらいなら、正々堂々、戦うべきだったのだ。

「――今からでも遅くないかしら」

霜珠は少し泥のついた、兎杜の上衣を握り締めて呟いた。

バタバタと走る足音が聞こえる。この歩幅は兎杜だなと、黄は振り返った。案の定、駆けてくるのは子供ながらに見習い官吏服を着た曽孫だ。

しかし、朔月宮へ届けにいったはずの笠を何故かまだ抱え持っている。これは朔月宮で何かあったのか？　黄は眉をひそめ、目の前で息を切らす兎杜に声を掛けた。

「これ、兎杜。何があったんじゃ」

「ハアッ、ハアッ……。あ、あの、曽祖父さま！　主上に月妃さまの降嫁(こうか)を願うなら、僕は何を成せばよいのでしょうか！」

「……なんじゃて⁉」

真っ直ぐな目で、頰を真っ赤に染め言った、曽孫の言葉に黄は目を丸くした。

「いかん！　そんなことを願ってはいかん！　主上が凛花殿をどれだけ大切に思っているか、お前はあれだけ見ておるじゃろうに！」

「違います！　朔月妃さまではありません！」

じゃあ誰だ⁉　目を剝き見つめると、兎杜はじわわと耳まで赤くして、小さな声で言った。

「僕、公開調練の時は勇ましい方だなと思ったんです。でも、さっきはとても可憐で、お優しくて、その……薄月妃さま……です！」

「薄月妃さま……？」

　予想外だった。彼女は侍女たちの陰に隠れ、あまり自己主張をしない妃だ。だがその心根は、陸家らしく真っ直ぐで、武術の心得もあり意外としっかりしている。

　月妃の一人として好ましい女性だが、兎杜のような年頃の者が惹かれるほど、分かりやすい何かがあるようには見えない。聡明で大人びたこの曽孫が、このようにのぼせ上がるなど、この寸刻に一体何があったのか。

「あの、これまでに下賜された月妃さまはいらっしゃいました……よね？　可能性はありますよね？」

「まあ、なくはないが……」

　黄は難しい顔でひとまず頷いた。兎杜は九歳になったばかり。薄月妃・霜珠は十七歳と聞いている。その年の差は八つ。兎杜が成人すれば、それほど気にならない程度の年齢差かもしれない。世の中には年下の夫も存在するし、年下を好む女もいる。

　霜珠がどうかは分からないが。

（主上は凜花殿の他に妃は望んでおらず、他の妃には手を付けるどころか宮にすら行っていない。それに薄月妃さまも望んで後宮へ入ったわけではないと聞いているが……）

　とはいえ、兎杜が大人になってもこのままの状況とは限らない。

　もしかしたらその頃には、薄月妃・霜珠が寵姫になっている可能性だってある。

「まずはお前が成人しなければどうにもならん。そうじゃなあ……大人になり、主上の憂いを吹き飛ばすくらいの手柄でも立てれば、願うことは可能かもしれんが……」

「手柄とは、例えばどんなことでしょう？」

「過去の例ならば、国を護るとか、逆に陥落させるとかじゃが……主上は戦をする気は全くないしの。う～ん、なんじゃろうなあ」

　英雄。傑物。救世主。そんなふうに呼ばれる人物になれば、月妃の下賜もあり得る。多すぎる妃や公主は、褒賞にされることも過去にはたしかにあった。

（もしくは、月妃自身が皇帝に願い出で、叶えてもらった例もあるが……）

　黄は白い髭を弄び、チラリと兎杜の様子を窺う。

「なるほど。そうですね、まずは過去の事例を全て確認してみます！」

「そうじゃな。あとは薄月妃さまの好む男性像を調べてみなさい。ああ、しかし主上にも、薄月妃さまにも、決して失礼のないようにせよ」

　数年後、兎杜が腕に抱くのはあの陸家の姫なのか、どうなのか。玄孫が見られるまでしぶとく生きたいものだ。黄はそう思った。

第二章　夜の帳と虎猫姫

薄い雲が広がる夜空に星はなく、細い月が見え隠れしている。

「この空じゃあまり長く変化できなそうね……」

月齢が若い月夜は、ただでさえ虎化できる時間が短い。夜目や聴力も、満月の時と比べればそれほど強くはない。

だけど、この足音は分かる。凜花は窓を背にして扉に向かって微笑む。

「凜花さま。主上がお越しです」

「ありがとう、麗麗。今日はもう休んでね」

まだそう遅くない時刻だが、麗麗には朝から随分と頑張ってもらった。体力自慢だからこそ、張り切りすぎてくたくただろう。

今日は凜花特製の薬草湯でゆっくり体を癒してほしい。

「はい。鍛錬をしてから休ませていただきます。少し体が鈍っているようですので！」

「えっ。ほどほどにね？　あの……明日は少し遅くて構わないから」

「はい！　心得ております。朝食はいつものようにお庭にご用意いたしますね」

それではと微笑んだ麗麗は、少しだけ気遣わしげな視線を凛花に向けて礼をする。これは夜の度、いつものことだ。

きっと紫曄と自分との関係を、憂慮しているのだろうと凛花は思っている。本当に側近くに仕える侍女だからこそ、分かることがある。

(たぶん、本当の意味でまだ妃になっていないことに気付かれているのよね)

それでも最近は、だいぶ親密な関係になってきてしまっているのだけど――

訪れた待ち人の顔を見るなり、凛花の頬にじわりと熱が灯る。

「どうした？　凛花。そんな顔をしてさっそく誘っているのか？」

ニヤと蕩けそうな顔で笑う紫曄こそ、瞳に凛花を誘い出そうとする熱を灯している。凛花が持つものよりも、もっと熱くてどろりとしていて、今にも焦げ付きそうな気配がしている。

「さ、誘ってません……！」

「本当に？」

誘われてみたいものだ。紫曄は薄着の肩を撫で、唇でほんのり赤い頬をかすめ耳元で囁く。吐息まで熱く感じるのは凛花の錯覚か、それとも身勝手な期待だろうか。

凛花はつい、ぶるりと背を震わせ身を捩る。

「本当に……主上はいたずらがお好きですね」

「お前こそ」

ゆるく抱き寄せられ、凜花は薄青の瞳でじろりと見上げてやる。

片側だけ上げて笑う口元は、しばらくはお預けだと分かっているくせに、つい手を伸ばしてしまう自分を揶揄しているよう。

もしここが、禁止薬の定めがある後宮でなかったら、凜花は気持ちのままに身を任せたかもしれないし、紫曄はとっくに想いのまま凜花を奪っていただろう。

正直なところ、二人で口を噤んでしまえば閨での秘め事が露見することはない。

だが、凜花が禁止薬を使うということには、他の妃よりも大きな危険が伴う。

それに小花園には、材料となる薬草があり、凜花は作るための知識と技術を持っている。禁止薬を作ろうと思えば、いつでも作ることができる環境だ。

そのことは周知の事実。そんな状況で、凜花が禁止薬を使ったらどうか。一度だけなら、何の証拠も、痕跡も残さず密な夜を過ごすことができるだろう。だけど二度、三度と重ねていくうちに、いつかどこかで綻びが出るはずだ。

それは小花園からかもしれないし、凜花の簡易調合室からかもしれない。加工に必要なものを手配した先から勘付かれることだって考えられる。

弦月妃は、凜花の弱みを握って貶めたいと思っているはずだ。

宦官長が付いている彼女には人手がごっそりある。疑惑の証拠を掴めなくとも、それらしい事柄があれば煙を立たせることは簡単だ。だから万が一であっても、嫌疑を掛けられる可能性があることはしない。守る秘密は少ないほうがいい。

　今回、老師と兎杜を小花園に入れ、禁止薬の材料となり得る薬草があることを記してもらったのは、妙な勘繰りを避けるためでもある。二人とも紫曄に近い人物だから、小花園におかしなものがあったら秘匿するのが自然なところ。

（だけどあの二人は、そんなことは決してしないと月華宮中が承知しているもの）

　黄一族は、そういう一族なのだという。だからこそ、長く皇帝に仕え、子供であっても重用されている。兎杜はそれに加え、特別な才能を持っているからだが。

「老師から色々と預かってきたが、見るか？」

　紫曄が紙束を差し出す。まだ書き記したばかりで墨の香りがしている。

「いいえ。お疲れでしょう？　お湯の用意ができているので先に湯殿へどうぞ」

　紫曄は目をまたたくと、手にしていた預かりものをぽいと投げる。

「では、そうさせてもらおう」

「あ、お食事はされましたか？」

「済んでいる。お前は？」

「食べましたよ」

「よかった。待たせてしまっては――……どうした？」

口元を押さえた凛花の頬がほんのり赤い。ひょいと紫曄に覗き込まれると、更に目を逸らす。

「いえ……その、ちょっと家族っぽいなって」

「……そうか？」

どのあたりが家族のようで、照れるところだったのか、紫曄にはピンときていない顔だ。

凛花の父親は州候（しゅうこう）で、旧王族という家柄ではあるが後宮なんてものはない。庶民と同じとまではいかないが、家族の距離は近く仲もよかった。

食事は一緒に取るのが普通で、仕事の都合で父が遅れた時には、「もう食事は済ませたのか？」「まだです。お帰りを待っていたんですよ」という会話があったり、凛花が「今夜は研究室に籠ります」と言付ければ、夕食の包みが届けられたりすることもあった。

だから凛花には、食事や湯を使うという至極私的な部分のやり取りが、家族のように感じられ、くすぐったさを覚えたのだ。

「俺には普通の家族というものがよく分からんが……そうか」

凛花が自分を家族のようだと思い、照れた顔を見せたことが嬉しかったのか紫曄も笑みを零す。

（主上が育ったのは後宮で、父親は皇帝だものね。特殊すぎて家族というものがよく分からなくても当然……。でも、笑ってくれてよかった）

少なくとも紫曄は、凛花のことを『後宮妃』という、通う先の女というだけではなく、家族という枠組みになる相手だと知った。

なんだか凛花は、それを嬉しいと思った。

◆

「お約束通り、今日はとっておきの薬草湯にしました！」

凛花はいそいそと紫曄を湯殿へ連れていく。凛花の鼻にはもう、すっきりとした薬草と華やかないい香りが届いているが、紫曄はどうだろうか？

見上げた顔は匂いに気付いているらしい。眉を寄せたり、鼻を押さえたりしていないところを見ると、紫曄にとっても好ましい香りのようでホッとした。

「今日は小花園で慣れない作業をしたので、筋肉の疲労回復と、日光に当たった肌を労わる成分、あとは香り付けも兼ねて金桂花を少し混ぜました」

「金桂花を？」

戸を開ければ、湯気に乗り華やかな香りがふんわり届く。

「はい！　心や体を鎮める効果もあるんですよ。気に入りましたら輝月宮にお届けしますね。それではゆっくり……」

「なんだ、一緒に入らないのか？」

凛花の手を引いて言う。

「……主上と入るとのぼせますから」

紫曄は悪戯が多いのだ。虎猫姿で入るならともかく、人の姿での入浴にはある意味での危険が伴う。凛花はゆっくり疲れを癒す時間にならないでしょう！　と言って、引き留める手をぺちりと叩く。が、紫曄は手を離さない。

「癒されるのだが？」

ぐいと引き寄せ、じっと見つめてねだる。

はぁ。と凛花の口から小さな溜息が漏れた。求められれば凛花は弱いと、知っていて言うのだから紫曄は本当に狡い。

「…………少しだけですよ？」

その言葉に、紫曄は満足げに微笑んで、さっさと衣装を脱いでいく。

「先に入っている。早く来い」

「……もう」

甘え上手で仕方のない人だ。凛花はそう思いながら上衣に手を掛ける。単衫（ひとえ）になり髪をまとめると、少し熱くなった頬を両手で押さえ、湯殿の戸をゆっくり開けた。

「……主上？」

やっと来たかと、湯に浸かる紫曄が顔を上げた。

だが待ちに待った寵姫は単衫姿。今の凛花は人の姿だというのに、耳を後ろに倒している虎猫の姿が重なって見えるようだ。

「お前、そこまで警戒しなくとも……」

「何を言っているんですか。ちょっと油断すると主上はすぐ好きにするんですからね……！」

紫曄は少々残念な気持ちで凛花を見上げて、ぱちりと目をまたたいた。

湯気でしっとり濡れた単衫は、肌に貼り付きうっすら肌を透かせている。無造作にまとめられた髪から覗く細い首は、小花園でも目にしたはずなのに、何故か新鮮に見えて心が躍ってしまう。

「これはこれで悪くないな」

じっと注いだ視線に何かを感じ取ったのか、凛花は思わずといった様子で身を捩る。

揺らぐ青い瞳の危うさが、非常に美味そうで堪らない。

「……やっぱり、私は出てます！」

「えっ、おい待て」

「浮かべてある布袋、薬草が入っているのでよく揉んでくださいね！」

手を伸ばすが今度は届かず、跳ね上げた湯すらもすでに届かない。

「逃げられたか……」

残念そうに呟いて、紫曄はくすりと笑ってしまう。裸足でぺたぺたと逃げ出した寵姫の後ろ姿に、今度は縮こまった尻尾が見えた気がした。

しかし、それにしても。目は楽しめても、忍耐が多分に必要で体には毒だ。

「まあ、これも楽しいが」

同じことを何度呟いたことか。溜息まじりに笑みを浮かべ、紫曄は言われた通りに薬草入りの布袋を優しく揉む。

お手本はもちろん、ふみふみが上手な虎猫のあの手つきだった。

◆

紫曄が湯殿から出ると、凛花は榻に半端にもたれかかり寝ていた。傍らには香油らしき瓶が置かれていて、何に使うつもりだったんだ？　と紫曄は濡れ髪を拭きながら思い、凛花の隣に腰を下ろす。

うたた寝をしている凛花を見るのは久しぶりだ。朝から小花園で采配を振るっていたのだ。人の心配ばかりしていたが、凛花も相当疲れていたのだなと、紫曄は眉を下げて微笑む。

「ああ、お前こそ日焼けしてるじゃないか」

流れる銀の髪を撫でて気が付いた。凛花の手の甲から手首にかけてが、少し赤くなってしまっている。

「この香油を肌に塗ろうと用意してくれていたのか？」

先ほども日焼けを気にしてくれていたが、日に焼けてしまったのは自分ほうだろうに。紫曄は瓶を手にして蓋を開け、掌に数滴垂らしてみる。すると凛花がぴくりと肩を揺らし、ゆるりと紫曄を見上げた。

「あれ……主上」

「ははっ。さすがよく利く鼻だな」

ふわりと香る香油の臭いで目を覚ましたようだ。すっきりとした香りに凛花は目をこする。

「ん……それ、腕に塗ってください」

「ああ」

とろり、とろ～り。紫曄は香油を掌に広げる。意外とさらりとしていて感触は悪くない。そして寝ぼけまなこの凜花の腕を取ると、紫曄はその袖をぐいと捲り上げ掌で肌を撫でた。

「えっ、違いますよ⁉　私じゃなくてご自分に塗ってください！」

「俺は大丈夫だ。こう見えても普段からそこそこ日に当たっている。ほら、手を出せ」

二の腕まで撫で上げて、ほんのり赤い手首に戻り擦り込む。更に香油を足し、手の甲を両手で包み指先まで塗ってやる。

凜花の手は白く、指も細くて美しい。手入れもされている。だが、紫曄が知っている後宮の女とは違い、凜花の掌は長年働いてきたことがうかがわれる。爪には艶があるし形もいいが、土仕事のために短くし、爪紅も塗っていない。

「……ぅわ」

「ふっ。なんだその声は」

「だって、気持ちいい……」

ふふっと凜花も笑う。

最初は遠慮し引いていた腕も、今はすっかり紫曄にゆだねている。香油を塗り込むついでに掌をごりごり親指で擦り上げる。ぬるりとした指先で凛花の指を一本ずつ摘み、爪先に向けて軽く引っ張ってやる。

すると、凛花の唇から「ほぅ……」と吐息が漏れた。青い瞳はとろんと蕩けはじめている。このまま続けたらまた眠ってしまいそうだな。そう思った紫曄は、片手で凛花の手をぎゅっと握り込み、そのまま抱き上げた。

「わっ⁉」

「臥室（しんしつ）へ行こうか」

たまには寝かし付けられるのではなく、虎ではない凛花を愛でて寝かし付けるのもいい。それに、こんな凛花を愛でるのは、体を休めるよりも疲れが取れそうだ。

紫曄は手にした香油の瓶をちゃぷりと振って、日焼けとは違う朱が差した凛花の頬に口づけた。

◆

「ハァ……」

薄い紗の内側、牀（しんだい）には凛花がくたりと横たわっていた。

紫曄はまず戯れに腕を揉み、次に脚、そのうち寝衣を乱して背中まで撫でた。香油を塗られ滑らかになった体は、時折いたずらをする指先に惑わされる。

だけど凛花は、すっかりその身を紫曄に投げ出してしまっていた。

「――よかっただろう？」

「はい……。疲れが溶けました……」

目元は蕩けてトロンとしているし、力が抜けてくったりした体は、いつの間にか紫曄の膝の上だ。きっと明日の凛花の肌はもちもちのすべすべ。全身香油でたっぷりと揉みほぐされたのだから。

「もっとしてやろうか？」

「……遠慮しておきます」

ニヤリと笑えば、凛花が何やら言いたげな顔で見上げた。少々興が乗り、調子に乗ったいたずらへの抗議が出るか？　と待ち構えたが、ちょっと拗ねた顔を見せただけで凛花はただ頬を染める。

「……お前、俺を弄んで楽しんでいるのか？」

「主上こそ」

忍耐と真心を試されているようだ。本当に想ってくれているのなら、『お預け』を守れるでしょう？　そう言われているよう。紫曄はハア～と大きな溜息を吐く。

信頼されるのは嬉しいが、さすが自由で予想の付かない虎猫だ。生真面目で頭もいいくせに、どこか抜けている。

愛しい試練を受けつつ、紫曄は人型の猫を撫でる。

「あの、主上もお疲れでしょう？　本当は、私が主上を癒してさしあげようと思っていたのに」

「いや。十分に癒された。なかなか楽しかったぞ」

食い気味に返事をし、紫曄は上機嫌で髪に口づける。気持ちが満たされたのも嘘ではない。凛花が自分の手で吐息を漏らし、恥ずかしがる姿は眼福だった。忍耐と引き換えに得た充足感はたしかにある。

「もう。仕方ない人ですね。せっかく麗麗に揉み方を教えてもらったのに」

試したかったのに残念。凛花はそんなことを呟き起き上がると、もそもそ寝衣を直し、まだ蕩けた余韻の残る顔で紫曄をチラリと見上げた。

「はは！　悪かったな。……そうだな、揉んでくれるなら虎猫で頼む。踏まれるのが心地いい」

あのぷにぷに感は本当に堪らないものだ。柔らかくて、じんわり伝わる温もりは他にはない。

「……主上は、踏まれるのがお好みですか？」

凛花が怪訝な顔つきで紫曄の瞳を見つめた。

そういう趣味だったのか？　皇帝という尊い地位に就いているからこそ、たまには虐げられたいと密かに思っていたのか？　と、そんな顔に見える。

「主上は意地悪をするほうが好きなのだと思っていましたけど……？」

「ちがう。猫より少し大きいお前の肉球と体重が気持ちいいだけだ！」

「猫じゃありませんからね！　虎ですから！」

凛花のいつもの言葉だ。いつか虎化しない体になりたいと思いながら、白虎としての自分に誇りを持っている。紫曄からすれば、虎であることを疎ましく思っていないのは不思議議だが、これが凛花の素直な気持ちだ。

それが凛花の気持ちなら、紫曄も凛花の虎を受け入れたいと思う。

「でも、人の手のほうが気持ちいいと思うんですよ？」

虎の手では本当に踏むことしかできないと、凛花はそっと紫曄の手を取った。香油を塗り込まれた滑らかな指先で、紫曄がしたように紫曄の手をすりすりと撫でる。

「ね？」

たしかに手は心地いいが、心がほぐれる気がしない。気を抜けない。少し乱れた髪。薄くしどけない寝衣姿で脚の間に座る寵姫に、紫曄は重い溜息を吐いた。

「言い方を変えようか。人の姿でお前から……こんなふうに触れられると、さすがに我慢がきくか自信がない」

「あ……ああ！　申し訳ございません……えっと、お心遣いありがとうございます……」

恨めしげな視線に、じっとりとした熱を込めてやれば凛花はそろりと指を引いた。

「まったく……。本当にお前にねだられると危ない。……さて。戯れはここまでにして、老師から預かったものでも見るか？　気になった部分だけ、一旦まとめたらしいぞ」

紫曄は小卓に置いてあった書き付けに手を伸ばし、凛花に見えるよう牀に広げた。

「わ、すごい。さすが老師！」

隠し庭の図に、老師の手による様々な書き込みがされていた。神月殿の隠し庭との共通点、相違点などが挙げられている。

食い入るように見入る凛花の目には、甘やかなものはもうない。あっさり切り替えてしまう凛花に、紫曄からつい苦笑が漏れた。

跳ねっ返りで有名な、雲蛍州の薬草姫は閨でも健在だ。

しかし、自分よりも薬草に目を奪われる、こんなところも可愛いと思ってしまう。

自分はすっかり凛花に溺れているなと思い、紫曄は銀の髪を撫でた。

牀に膝をついて並んで座り、広げた紙を覗き込む。

書き起こされた小花園と神月殿の隠し庭は、本当にそっくりだった。広さは少し違っているが、祠の位置も配置されている木や薬草もほぼ同じ。

しかし、と凛花は目立つ朱色の書き込みに注目した。

「小花園と神月殿で大きく違っている部分がありますね」

「そのようだな。桃か……」

小花園にはない桃の木が、神月殿にはある。植えられている場所は祠の近くだ。

「……そういえばあったかもしれない」

神月殿詣をした時、虎の姿で忍び込んだ記憶を思い起こしてみる。特に大きな木ではなかったのであまり印象には残っていないが……桃はそれほど寿命が長くない木だ。人が代々世話をしなければ、そこにあり続けることは難しい。

「小花園の隠し庭は忘れ去られてしまったけど、神月殿の隠し庭は忘れられることはなく、ずっと世話を続けられてきたってことですね」

「なるほどな。あそこには薬院もあるし、珍しい薬草を育てる意味も大いにある」

珍しい薬草や、それを材料にして作られる薬は高価だ。神月殿のいい収入になったり、縁を繋いだりすることにも役立つだろう。

「同じ庭が二つあるのはどうしてかと思っていたけど、万が一、どちらかの隠し庭が絶えてしまった時のためだったかもしれませんね」

「随分と準備がいいことだ。書物は三つに分け、希少な薬草園は二つ用意する」

それだけ重要で、貴重な場所だということか？　凛花と紫曄は顔を見合わせる。

（だけど月華宮でも神月殿でも、隠し庭の薬草園が何のためのものなのか、使い道についてはは記されていない。望月宮の書物はまだ見ていないけど、輝月宮にも大書庫にも、そんな記録も口伝もない）

「……碧殿と話しがしたいですね」

「……気が進まないな」

二人はあの変わり者の月官を思い浮かべ、はぁ～と溜息を落とした。碧は白虎に変化する凛花を異様に崇め、執着している。あれと話すのは面倒以外の何物でもない。

それに凛花に何をしでかすか、どうにもあの男は信用できないと紫曄は呟く。

「それでも薬院長は碧殿です。私も苦手ですけど、利用できるものは利用しましょう！」

（それに、ちょっと気になっていることもあるのよね）

星祭で碧が控室に忍び込んできた時のことだ。

あの時、白い幕布の向こう側から聞こえた男の声と、よぎった黒い獣のような影。

あの声は誰だったのか、あの影は何だったのだろう？　と、後になってから気になったのだ。

（あの時は星祭をなんとかしなきゃってそればかりで、しばらく経ってからそういえば……って思ったのよね）

碧の協力者だったのだろうが、あの声がやけに耳に残っているのだ。

『それから、あまり無理をさせてやるな。彼女が可哀想だ』

そう言った黒い影からは、『いい匂い』がしてきていたことも覚えている。ほのかに甘くて、『いい匂い』としか表現できない香りだった。

（何の香りだったんだろう……。でも私、似ている匂いを知っている気がするのよね）

思い浮かんだのは、今は後宮を去った眉月妃に嗅がされた媚薬だ。

あれは小花園に生えている薬草から作られたもの。隠し庭の薬草ではないが、小花園と神月殿の関係性を考えると、あちらの薬草園にもある可能性は高い。

（でも、あの媚薬と同じ匂いではなかったと思う。それに碧は、虎の本能を刺激する香を焚いたけど、媚薬は使っていない）

「凛花？　どうした」

「いえ……。その、ちょっと気になっていたことを思い出しまして。……でも、私の

「勘違いかも」

「碧のことか？」

　顔を覗き込む紫曄に、凜花は曖昧に微笑み頷く。正確には碧のことではないが、碧に関連することではある。

「ちょっと気になっただけなんですけど……、そうですね、碧殿に聞いてみます」

　なんとなく、何故か紫曄に『媚薬に似た甘い匂いがした』と話すことが躊躇われた。どうして口籠ってしまうのか理由は分からないが、なんとなくだ。

（――虎の本能が嗅ぎ取った、甘い匂いか）

　なんだかまた一つ、よく分からない謎を見つけてしまった気がする。

　少しずつ色々なことが分かってきているが、進めばその分また新たに分からないことや、気になることが出てきてしまう。

（それに月華宮は意外と行事が多くて忙しい。後宮妃なんて暇を持て余してるんじゃないかって思っていたけど、季節ごとに行われる祭祀の準備がこんなに大変だなんて）

「あ。そういえば主上、神月殿の奥の庭にある銀桂花をご存知ですか？」

「銀？　金桂花なら知っているが……」

「麗麗が奥の庭にあると聞いたと言っていたんです。多分あの……神月殿詣で泊まった離れの辺りだと……」

「ああ。『皇帝と望月妃が初夜を迎える』あの離れか」

紫曄はわざとそういう言い方をして、ニヤリと笑い、赤くなった凛花の頬に唇を寄せる。

「そ、そうです！　主上なら知っているかと思ったんですけど……」

外部の人間で、あの場所に入れるのは皇帝と望月妃だけだ。

「月華宮に金桂花は多いけど、銀桂花はないじゃないですか。私の故郷には銀桂花が沢山あったので、あの香りがちょっと懐かしいなって」

「銀桂花か。意識して花や木を見たことがないのでよく分からんが、碧なら知っているんじゃないか？」

「……そうですね。碧殿かぁ」

どうして聞きたいことを知っていそうなのが碧なのか。あんなに厄介で面倒で関わりたくない男なのに、凛花にとって重要な人物であるのが本当に解せない。

「仕方ないですね。主上、碧殿と面会する機会を作ってください」

「本当に気が進まないが、分かった」

凛花は銀桂花が好きだ。あの香りを楽しんだり、銀桂花のお茶を作ったりもしたい。

それから、もし神月殿から許しが出たらだが、接ぎ木で銀桂花を増やしてみたいと思っている。

(接ぎ木をするには新芽が必要だから、今年は間に合わないけど来年できたらいい。少しずつ増やして、小花園や……望月宮に植えられたらいい)

「……ふふっ」

「なんだ?」

「ふふ。秘密です」

そんなことを思っていることは、紫曄には秘密だ。まだ恥ずかしくて言えない。

(それに、今は望月妃になることを待ってもらっているくせに、望月宮に入る未来を思い描いているなんて、ちょっと失礼だもの)

だけど来年、虎化の体質を抑え込み、何の憂いもなく望月宮の主になれたらいい。

凛花の全てを受け入れてくれた紫曄の隣に、胸を張って立つ妃になるには弱味はいらない。

(私が後宮へ入った目的を果たしたら。月の女神の神託の通り、主上を満たしてあげたい)

眠れぬ皇帝の抱き枕としてだけでなく、この人の昼も支えられる望月妃になりたい。

凛花はそう密かに決意をすると、不思議そうな顔をしている紫曄の頬に口づけた。

「……なんだ? 急に」

「ふふっ。来年の月祭では、うちの父が主上にご挨拶できるといいなと思いまして」

その言葉に、紫曄は目をまたたいた。

凛花の後宮入りの際、手違いにより本来許されている父州侯の拝謁が叶わなかった。それを知った紫曄は、雲蛍州に詫びの書状を送ってくれた。受け取った父親はもちろん恐縮し、ひとまず娘が後宮で上手くやっているようだと胸をなで下ろしたのだが。

「望月妃の父となれば……月祭へ招待することは、できますよね……？」

星祭か月祭に招待できたらと、凛花は気軽にそう思っていた。

星祭は皇宮前広場を解放するくらい開かれた祭りだ。願えばきっと紫曄は故郷の者たちの招待を許しただろう。

しかし月祭は違った。祭祀の中で最も神聖な月祭は、出席できる者が限られており、たかがいち月妃の縁戚では招待はできなかったのだ。

（でも、望月妃なら――）

頬が熱い。凛花は紫曄ほど、自分の気持ちや想いを伝えてこなかった。虎という引け目が、望むことを遠慮していた。

（だけど、もう少しちゃんと、私も望んでいると伝えたい）

俯いた頭に紫曄の視線を感じる。紫曄は今どんな顔をしているのだろう？　凛花はどきどきと鳴る胸の内でそう思うが、どうにも照れくさくて顔を上げることができない。すると、俯いた頬に手が添えられ、そっと上向かされた。

零れるほどの笑みを浮かべた紫曄が、愛しげに凛花を見つめていた。

「ああ。州候(しゅうこう)だけでなく、母親や世話になった者たちも呼べばいい。月祭(つきまつり)は退屈だろうから、星祭にも呼ぼう。お前の祈念舞(きねんまい)と祝詞(のりと)歌を聞かせてやりたいな」

「はい……！」

凛花も満面の笑みで頷いた。高鳴っていた胸はいつの間にか静まり、不思議と満たされた気持ちだ。この人が好きだと、自然とそう思った。

虎化を抑え込めるのか、この先どうなるのかと、実は不安だった。一歩一歩、進んでいるようで謎がどんどん増えていく。求めるものは逃げ水のようで、近付いたはずなのになかなか手にはできない。

（主上は不安で傷んだ私の心を、その気持ちで癒してくれている。秘密を知り、一緒に謎を追ってくれているからこそ、私はここでも、私らしくいられたのね）

あの夜、迂闊にも虎の姿で散歩に出て、迷って、この人に出会えてよかった。凛花はそう思う。あのような出会いでなかったなら、こんな夜は絶対になかったはずだ。凛花に皇帝の寵愛を得る気はなく、紫曄にも妃を寵愛する気はなかったのだから。

「私、主上に救われていたんですね」

「逆だろう？　俺がお前に救われた。こんないい抱き枕はない」

紫曄は書き付けを隅に寄せ、ごろりと寝転がると、凛花に向かって『おいで』と腕を広げる。仕方のない甘えん坊だ。だけど、こんなふうに全身で愛しいと伝えてくれることが嬉しい。

　凛花は老師の書き付けを小卓に置き直すと、微笑み、いつものように紫曄の胸に背中を預けた。この、後ろから抱き込む形が紫曄にはしっくりくるらしい。

「ああ、そうだ。月祭といえば……面白くない話だが、弦月妃のことも話しておこう」

「何かあったのですか？」

「弦月宮が、月祭には謹慎を解き出席させろと言ってきた」

　月祭は中秋の名月、秋の満月の夜に行われる祭祀だ。凛花たち月妃の出番は特にないと聞いているが、皇帝が主役の月祭で、その妃が謹慎中では体裁が悪い……ということだろうか。

「謹慎を解くんですか？」

「いや、解かない。月祭を謹慎という形で欠席させてこその罰だ」

　斜めに見上げた凛花の頭に、紫曄が頬を擦りつける。ふわふわの虎の毛並みだけでなく、さらりとした銀の髪も紫曄のお気に入りだ。

「……余計な口出しかもしれませんが、表によくない影響が出てしまったりしませんか？」

凛花は頭を上向かせ、無理やりぎみに紫曄の目を見つめた。ないとは思うが、もしも凛花の立場を思っての決定だったなら考え直してほしい。そう思ったのだ。謹慎が長引けば長引くほど、弦月妃はそれだけ皇帝を怒らせた。逆に朔月妃は大切にされている。そういう構図を見せることになる。

「余計なことなどない。気になったことは言ってほしい。俺が求める望月妃はそういう妃だ」

「あ、はい……」

さきほど凛花が口にした『望月妃』を踏まえての言葉だろう。

だけど、あまりに甘い声で囁かれるものだから、凛花はまた頬を染めてしまう。静まったはずの鼓動が、また落ち着きをなくしてしまいそうだ。

「弦月妃の後ろにいる爺がうるさいから、今回は謹慎で濁したが、本来はもっと厳しい罰をくれるべきだったんだ。月祭くらいは欠席させないと示しがつかない」

こちらは大丈夫だと、紫曄は細く長い銀糸を撫でる。

「でも、弦月妃さまがこのまま大人しくしてると思います……？」

（星祭の舞台袖からすごい目で睨んでいたもの。あれは激怒していたわ）

「いいや。だから月祭を平穏無事に済ませるために、アレは謹慎継続。欠席だ」

「ですよね……」

　あの勝気な妃は、今回の処分が絶妙な均衡の上、課されたものだと理解していないように凛花は思う。弦月妃と朔月妃。どちらにも厳しくしないことで、どちらにも大きく損も得もさせない。

　だから『朔月妃は機転を利かせて儀式を乗り切った上に、民からの、皇帝と月妃への心証を上げた。褒美として位を上げるべきだ』という声が強くとも、紫曄は凛花を朔月妃のままとした。

　弦月宮と宦官董一派の力を削ぎたい者たちにとって、この判断は面白くないし、紫曄への反発に繋がるかもしれなかったが、これは凛花の身を守るためだ。

「皇帝としては情けないが、古くからここに巣食う宦官勢力の力は強い。現状ではあちらを下手に刺激したくないからな」

「はい。……でも、一応とはいえ、弦月妃さまが大人しくしてるのはちょっと不気味ですね」

　謹慎中の弦月宮はどんな雰囲気なのだろう。

　弦月妃は何を思い、謹慎しているのだろうか。

「悪巧みをしていそうだが、注意しておくしかないな。そう考えると、小花園と神月殿の薬院（やくいん）を押さえられたのは幸運だったか」

「癖の強い月官（げっかん）まで付いてきましたけどね……」

「まあ、そういうわけだ。ひとまずお前を望月妃にするのはもう少し先になる」

凛花はゆるく抱かれた腕の中でもぞりと反転し、紫曄と向かい合う。見下ろす紫色の瞳がふっと細められたところで、凛花は胸にぺとりと額を付けた。

「来年だろう？　凛花」

「……はい」

本当は、紫曄も凛花を推す者たちも、すぐに望月妃にするか、せめて弦月妃よりも上の位に就けたいと思っていたはずだ。

だけど紫曄は、望月妃となった後も、虎化を抑え込むまでは本当の意味で妃になれない。なりたくないと思う凛花の気持ちを尊重してくれた。

「面倒な妃でごめんなさい、主上」

「構わん。その面倒な体質も含めて、お前だからな」

紫曄は何ともなさげにそう言うが、凛花の耳にも表のいざこざは漏れ聞こえている。負担を掛けたことは間違いない。

申し訳なさで俯くと、凛花の額に紫曄の唇が落とされた。

「……が、そうだな。やはり少し大変だったな？　癒しがほしい。労わってくれ、凛花」

ぎゅっと抱きしめられ、目尻に、頬に、鼻先にちゅっちゅと口づけが降り注ぐ。ふふっと凛花が笑うと、離れた唇がニヤリと弧を描き、その指が顚を捕らえる。

「主じょ……、んっ――」

奪われるという言葉そのままの口づけに、凛花の中の虎猫がチリリと対抗心を燃やした。翻弄されるだけなのは好みじゃない。与えられるだけではなくて、同じくらいのものを与えてやりたい。

凛花は襟元で縮こまらせていた手を開き、紫曄の首にまわして抱きしめ返す。

紫曄は「ふっ」と笑い、うっすら目を開けた。すると淡く輝く凛花の瞳とかち合った。満足そうに細められた目は、獲物を捕らえようとする獣のようで堪らない。食われてしまいそうで、食べたくてゾクゾクしてしまう。

「凛花」

食われる前に食ってしまおう。紫曄は唾液に濡れたままの唇で白い喉笛を食む。喉の奥から響く震えを感じ、首筋を舐め上げ赤く色づいた耳にかじり付いた。

「あっ！」

ぶわわと凛花の頬が赤く染まる。指で触れる首も、重なり合っている頬も熱い。

「凛花……しっかり癒してくれ？」

「ん、ン！　みみ……！」

直接流し込まれる低音は、鼓膜だけでなく凛花の脳も心も震わせる。

良すぎる耳がこんな時は弱点になってしまう。凛花はもう、くたくたの骨抜きだ。

「耳は駄目か？」

だめ、と凛花が身を捩る。薄紅に色付く目尻に涙が滲ませ、凛花は恨めしげに紫曄を見上げた。

「ふはっ……可愛いな」

「やりすぎです……！　主じょ――」

凛花の言葉を待たず、紫曄はまたガブリと食らいつくようにして口づけた。

牀（しんだい）に広がる銀の髪はもうくしゃくしゃ。これは明日の朝、麗麗に苦労をかけることになりそうだ。

二人きりの臥室（しんしつ）は、はぁっ、はっ、という吐息と、濡れたちゅ、という音だけになっていく。唇を吸われて舐められて、少しヒリヒリとしてきたところで、凛花のほどけかけていた腰紐がしゅるりと引かれた。

「んっ！　とら……はっ？」

「は……っ。いい」

ちらりと窓のほうに目をやれば、淡い淡い月明りがぼんやり差し込んでいた。薄い雲に隠れていた三日月が顔を出したよう。これなら紫曄が眠りにつくまでは、虎の柔らかな毛並みを提供できるはず。だけど――

「このままでいい」

紫曄は早口でそう言って、薄い幕布を引き凜花を牀榻(しょうとう)に閉じ込めた。今夜は凜花を可愛い白虎に変える、月を見せる気はないようだ。

下ろされた帳(とばり)の向こうからは、紫曄の「また唇を腫らしてしまうな」という喉を鳴らすような声が、吐息の合間に小さく聞こえた。

「お祖父さま！　いつまでこのような屈辱に甘んじればよろしいの!?」

弦月宮にそんな声が響く。星祭後から続いている謹慎は、気位の高い弦月妃・董白春には耐え難い辱めだった。

「白春。少し落ち着きなさい」

「だってお祖父さま、最上位の妃であるわたくしが処罰を受ける謂れなどございませんわ！」

上位の者として、わきまえない下位の妃に指導しただけ。恥でもかけば理解するだろうと、教えてやっただけのこと。『嫉妬(しっと)から仕出かした』などと言われ罰を受けるのは、自尊心が高い弦月妃にとって我慢がならない。

「白春。喚くでない」

「……っ、失礼しました。お祖父さま」

静かに窘められ、白春はふぅと息を吐く。共に卓に着きお茶を楽しんでいるのは、白春の祖父であり、宦官の長でもある董堅だ。

一見すると物腰の柔らかい小柄な老人だが、対峙した瞬間にその印象はガラッと変わる。穏やかな口調でも眼光は鋭く、決して逆らえない迫力がある。迂闊には近付けない、近付きたくない人物だ。

「よい。お前の気持ちも分かるぞ？　この可愛い白春を蔑ろにするなど主上は見る目がない」

「まあ、お祖父さま」

白春は珍しくほろりと顔をほころばせ、年相応の笑顔を見せた。

祖父である董は、昔からこの孫娘を溺愛している。孫といっても、宦官である董に実子はない。兄弟の子を養子にしたので、白春は正確には又姪にあたる。

董から見た弦月妃・白春は、目的を果たすための大切な駒だ。白春本人もそのことを理解し、自分の価値と役割に矜持を持っている。

器量が良く頭もいい。上位者としての気品も持ち合わせている。それに加えて心身ともに健康だ。後宮に入り、皇帝の子を産むにはこれ以上ない娘。

そのように評価される自分を、この祖父が愛さずにいられるわけがない。

菫一族の血をもっと皇家に混じらせ、もっともっと濃くする。そして菫家なしでは回らない国にしてやりたい。それが宦官、菫の目的なのだから。

「謹慎も悪くはなかろう。主上の決定に従う姿を見せることは損ではないぞ？　むしろ好機だ」

「……そうでしょうか」

白春は不満を隠さずに言う。星祭で自分がしたことは、たしかに皇帝の威光を削ぐ危険性があったかもしれない。やり方も、ほんの少し拙かったかもしれない。

しかし、弦月妃として間違っていたとまでは思わない。

なぜならば、自分は皇后・望月妃になるべくして後宮へ入ったからだ。

そんな自分を差し置き皇帝の寵愛を受け、後宮で自由に振る舞っている朔月妃は、無礼で非常識な田舎者。皇帝が彼女を咎めないならば、最上位の妃である自分こそが立場を分からせるため動くべき――そう、白春は思っている。

「白春よ。お前が隠れている間に後宮で起こること、主上と朔月妃が仕出かす常識外れのことは皆が見ておる。お前の不満は分かるが、その不満と屈辱を好機に変えようではないか」

菫はにったりと笑う。

大事な駒となる孫だからこそ見せる、ほぼ心からの笑顔だ。

「どのように変えますの？　先日も、あの小花園に主上と側近たちを招いたそうですけど、表では特に話題にも上っておりませんでしょう？　後宮に主上以外の男性を招き入れるなど、月妃として相応しい振るまいとは思えません。だというのに……！」

「お前の言う通りだ。しかし、白春はよい耳を持っておるな」

「お祖父さま。わたくしを馬鹿にしておりますの？」

白春はおどけたように言って、少し拗ねたような顔を見せた。

自らの言葉を肯定し、耳を上手く使っていると褒められたことが嬉しかったのだ。

白春の周囲に彼女を愛し、認めてくれる者は祖父以外にはいない。白春を支える筆頭侍女(じじょ)は味方ではある。だが白春は、彼女から愛情というものを感じたことはない。彼女からもたらされるものは、常に判定だ。

仕える立場から向けられる肯定は、愛情ではない。彼女の肯定は、白春の言動が『董家の姫』として、主として仕えるに値するという答えでしかない。

皇帝の寵愛を手に入れられていない今、白春の心を癒すのは、『お前の言う通りだ』と丸ごと認め、評価してくれる祖父の愛情だけ。

だから祖父のそんな言葉に気を取られ、白春は『どう好機に変えるのか』という自らの問いかけに、祖父が答えていないことに気が付けない。

だが、答えをはぐらかした祖父と、壁際に控えていた侍女たちは気が付いていた。

筆頭侍女は、この姫にもそんな一面があったのか……と、はにかむ笑顔を見せた主にそう思った。普段は女王様のように振る舞い、決して仕えやすい主ではない白春も、そういえばまだ十六歳だった。

会話の内容はさておき、このように意外と可愛らしい部分を主上に見せれば、寵愛を分け与えてもらえるのでは。彼女はそう思ったが、この主にとって『分け与えてもらう』という、自分が下位になる状況そのものが、我慢ならないことであるとも理解していた。

白春は、自分はあくまでも上位に立ち、下位の者に『分け与えてやる』ことはできる。それは上位者としての度量であり、義務であると知っている。決して愚かな少女ではないのだが、植え付けられた価値観は頑なだ。

筆頭侍女は、主が望月妃になるために、一番近くで支える存在。主が気付かないことがあれば、自分が気付き、弦月妃が受け入れられるよう言葉を変えてやればいい。そうするのが、乳兄弟として筆頭侍女になった自分の役割であり、価値だ。

弦月妃・白春と同じく、董家の檻の中で育った彼女は、祖父と語らう主を見つめそんなことを思っていた。

「――白春よ。今はまだ、主上が寵姫を持ったということ自体が注目されておる。その妃がどのような娘であっても、後宮を嫌っていた主上においては一歩前進。ひとまずよいではないかと言う者が多いのだ」

「ここから増やせばよいということですね。ですが……あの方は他の月妃に興味を持っておりませんわ」

「ははは！　なんと気弱で可愛いことを申すのか。興味を持つかどうかなど、どうでもよいのだよ、白春」

菫はツイと顎先を上げ、控えていた侍女(じじょ)たちに退出を促す。ここからは、孫娘にしかまだ話せない。

「……わたくし、脅しで寵を頂くなど嫌ですわ」

「脅しなど。そんな下品なことはせぬ。興味を持たずとも、脅さずとも、そうせざるを得ない舞台を作り上げればよいだけよ」

穏やかに微笑み、菫は侍女(じじょ)が準備をしていった茶を注ぐ。

華やかなこの香りは金桂花。星祭の天星花(てんせいか)が月妃の花ならば、皇帝を象徴するのはこの金桂花だ。月華宮では秋から冬によくこの茶が飲まれている。

皇帝を支持する、敬っている、好いている。そんな気持ちを表すものとされ、月妃の宮ではどこでも質の高い金桂花茶が用意される。

「よいか。今のままでは、寵姫(ちょうき)は朔月妃だ。暁月妃、薄月妃も朔月妃派。弦月妃はたった一人、主上の寵どころか自派閥すら持てず孤立しておる。これでは望月妃が遠のくのも道理」

反論できない言葉に白春は唇を噛みしめる。対面する祖父は先ほどまでとは違い、宦官董として、甘さを排除した目をしている。

（目を逸らしてはいけない。ここで俯いたら、わたくしも眉月妃のように家から見捨てられ、董家の月妃の地位を挿げ替えられるだけだわ）

白春はツンと顎を上げ、自分も弦月妃としての顔を見せる。

「白春。まずは後宮を我らに少し傾けよう」

「傾ける？　どうなさいますの？　お祖父さま」

まさか他の妃にへりくだれというのか？　それとも利を配り、味方に付けよとでも？　しかし暁月妃も薄月妃も、白春が与えられるだろう利には興味が薄そうだ。

「お前はそのまま、弦月妃らしくあればよい。私が重しを一つ、この後宮に落としてやろう」

うっすら笑って言う祖父の言葉に、白春は前髪の下で片眉を軽く上げる。

重しとは何だ？　新しい妃か？

「朔月妃に傾いている後宮の天秤（てんびん）を、主上が他にも寵愛を分け与えざるを得ない状況にする。そうなって初めて、主上は自らの過ちに気付かれるであろう。望月妃たる妃がどういう者なのか、浮き彫りになることだろう」

それは、新しい妃と協定を結び、寵を分け合えということか？　そのような、自分が分け与えられる側になるなど我慢がならない！

白春はギュッと眉を寄せ、口内を噛み言葉を堪えた。祖父が溺愛する弦月妃・白春は、そんな反論をしてはいけない。祖父はそんな孫姫を望んでいないと理解しているからだ。

「お祖父さま。その重しは、わたくしの味方なのですね？」

「白春。この祖父に任せなさい。決して短慮をしてはならぬ。よいな」

「……はい。お祖父さま」

祖父が何をするつもりなのか、はっきりとは分からない。

しかし自分のため――いや、祖父自身のためにならぬことをするはずがない。だから弦月妃は、秋が過ぎるまでの辛抱だと自分に言い聞かせ頷く。

「ああ、お前の不安も分かるぞ？　そうだな、一つだけ教えておこう。近いうち、気高く美しい姫がこの後宮の女王となる」

「それは……勿論わたくしのことですわね？　お祖父さま」

菫は瞳に慈愛を浮かべ微笑んで、金桂花茶を飲み干した。

「いってらっしゃいませ。凛花さま」

「ええ。いってきます」

後宮の門に寄せられた馬車に、白と白藍色の衣装に身を包んだ凛花が乗り込んだ。

わざわざこの二色をまとい行く先は神月殿だ。白は神月殿の色で、薄く淡い水色である白藍色は朔月妃の色である。

ついて行きたそうな顔で凛花を見つめるのは、侍女の麗麗だ。

凛花が乗った馬車はこの後、月華宮の別門に寄り紫曄が同乗することになっている。

今日は神月殿で、碧と会合があるのだ。

しかし凛花と紫曄、碧以外の、虎化を知らぬ者を同席させることはできない。

だから今日は、『皇帝と月妃にしか話せない月祭の打ち合わせ』があるという設定にして、筆頭侍女である麗麗を、なんとか無理やり排除した。

「麗麗、ごめんなさいね。月祭の古いしきたりだそうなの。衛士も沢山ついているし心配はないわ。私が留守の間、たまには自分の時間を楽しんで？」

真っ直ぐ仕事に取り組む麗麗に、こんな嘘を吐くのは心苦しいが秘密を守るため。

明明のように、危険な目に合わせないためにも必要なことだ。

「かしこまりました。では、留守中しっかりと鍛錬させていただきます！　あ、凛花さま、夜は冷えます。こちらもお持ちください」

「ありがとう。麗麗」

凛花たちが神月殿に到着するのは夕刻近く。帰りは月が出ている頃になる予定だ。

凛花が薄い羽織りを受け取ると、麗麗はにっこり微笑み主を送り出した。

第三章　虎猫姫と琥珀の暗月

皇都（こうと）の神月殿は大通りを抜けた先、街を見下ろす丘の上にある。

今日はお忍びではないので、皇帝が乗っていると分かる馬車だ。

月祭（つきまつり）前のこの時期に神月殿へ向かうなら、儀式に同席する月妃も一緒。民たちはそう思うはずだ。

（皇帝と並んで月妃が街に姿を見せる。ちょっと騒動があった星祭の後だけど、月華宮も街も平和ですよ……って意味もあるのよね）

月妃である凛花は滅多に後宮の外には出られない。一度の外出機会を、できれば何倍にも活かしたい。

（私は月華宮で……主上と一緒に生きていくんだもの。味方は多いほうがいい）

そう考えた今日の凛花は、白い輝青絹の衣装を選んだ。

皇帝と並ぶ朔月妃が、いま評判の輝青絹をまとう姿を見せる。

それは星祭での姿を彷彿とさせ、民はあの夜の興奮を思い出し、迎える神月殿はそんな民の姿と声を聞くことになる。

一部の月官――具体的には副神月殿長派の者にとって、凛花の印象はあまりよくない。副神月殿長派は、凛花が明明を取り返しに乗り込んだ件がきっかけで、力を失ったが彼らは今も皇都にいる。凛花を恨んでいる者も多い。

だから『朔月妃は侮れない』と、民からの熱狂的な支持を見せつけるのだ。

擦り寄る先は、董宦官と弦月妃ではない。朔月妃に敵対しては損をするだけと、そう理解させるためにだ。

――カタン。

馬車が停まった。

窓を閉ざしているので外は見えないが、凛花の鼻には覚えのある匂いが届いている。

「凛花。待たせたか？」

「いいえ」

扉が開けられ、馬車に乗り込んできたのは紫曄だ。

月祭が近付くにつれ、通常の政務と儀式の準備とで忙しいらしい。

その顔には少し疲れが滲んでいる。最近ご無沙汰の、虎猫の抱き枕がそろそろ恋しいといった顔だ。

「主上。お一人で眠れていますか？」

扉が閉められ馬車が動き出したのを確認して、凛花は小声で言った。隣に腰掛けた紫曄の青白い頬に指を伸ばすと、紫曄がその指を掴まえ微笑む。

「まあまあだな」

はぁ、と小さな溜息を落として、そのまま凛花の膝にぽすりと倒れ込んだ。

「お前の顔を見た途端に眠くなった……」

「ふふ！　いい傾向じゃないですか。神月殿に着くまで目を閉じて休んでください」

馬車の速度はゆっくりだし、神月殿までの道のりは整備が行き届いている。

この程度の揺れは、うたた寝には丁度いい。

「……凛花」

「はい？」

「今夜はお前を抱いて眠りたい」

ぽそりと落とされたその言葉に、凛花の胸と頬がじりと熱くなった。

抱きたいのは『虎の抱き枕』だと分かっているが、ぼんやりとした瞳に潜むものがあるのも事実だ。

「いいですよ。雲が出ないことを願いましょうね」

凛花は少し目を休めて、と掌で紫曄の瞳をそっと覆った。

神月殿の奥、薬院(やくいん)から空を見上げる月官(げっかん)の姿があった。

日が傾き出した空は、淡くこってりとした夕暮れ色に染まっている。

「ああ～雲が出てきちゃいましたねぇ。せっ……かく朔月妃さまにお会いできる夜だというのに！　夜だというのに!!」

空を見上げ地団駄を踏むのは、白い月官(げっかん)装束姿の薬師、碧。

もしここに紫曄がいたら、『その言い方はやめろ』と冷酷無比な瞳で見下ろされていたことは確実だ。

「先生。少し声を抑えたほうがいい。朔月妃さまに対して不埒(ふらち)なことを企んでいる不審者にしか見えないぞ」

「不埒(ふらち)!?　ただ美しく気高い白虎のお姿を愛でたいと思う僕の純粋な気持ちが、淫欲にまみれた不純なものに見えるって言うのかい⁉　琥珀！」

碧の隣に並ぶ男――琥珀は夕焼けの黄金色に似た瞳を伏せ、はぁ……と重い溜息を落とした。正直、呆れている。

「先生。人払いは既にしてあるが、誰が潜んでいるか分からない。大きな声で願望を口にするのは慎むべきだ」

この言葉はもう何度も碧に言っている。

ある意味、純粋で正直者で、願いを叶えるためには努力を惜しまない月官薬師は、これだから変人だとか変態と呼ばれてしまうのだ。

琥珀はもう一つ溜息を吐いて、西日が作った影の中から移動し茶の準備をはじめた。褐色の肌に黒髪。そして身に付けているものも黒一色。まるで影のような男だが、しかし地味ではない。そのすらりとした体躯と美しい顔、しなやかな身のこなしが妙に目を引く。

「お。いい香りだね、そのお茶」

「――銀桂花茶だ」

肩から垂れる一つ編みの長髪を背にどけて琥珀が振り返る。

茶筒の蓋を開けただけなのによく気付いたなと、碧をほんの少し見直した。鋭い嗅覚は薬師には武器。

さすが変人と言われようとも薬院（やくいん）の長だ。

「これは朔月妃さまのために、特別に琥国（ここく）から取り寄せた」

「へえ。いいね、喜んでいただけそうだ！　はあ〜それにしても！　今日こそ白虎姿を拝ませていただこうと無理を言って月の出る夜に会合を設定したのに、曇りとは何たる不運！」

　まだ言っているのか。琥珀はいい加減に黙らせるかと、碧に伝えていなかった情報を与えてやることにした。

　碧は琥珀を部下のように使っているし、琥珀は碧を『先生』と呼んでいるが、二人の関係に上下はない。ただの協力者同士だ。碧に従っているように振る舞っているのも、そのほうが琥珀にとって都合がいいからにすぎない。

「そうでもない。月を阻む雲があれば、オレには好都合だ。朔月妃さまとゆっくり語らう時間を作るには、月は出ていないほうがやりやすい」

「……朔月妃さまと、僕が、ゆっくり語らう時間……!!」

　僕？　碧に限定はしていないが？　と琥珀は思うが面倒なので指摘は控える。琥珀と凛花が話す機会を持つには、どうしても協力者が必要だ。

「姐さん方から聞いた。今夜、離れを使う高貴な客が来るらしい」

「高貴？　今夜、高貴な客ですか。……なるほど？」

　姐さん方とは、花街にある妓楼の妓女たちのことだ。

　高級妓女である彼女たちは、決して顧客のことは話さない。為人、身分、耳にした寝言まで、登楼した客の情報はきっちり守る。

　しかし琥珀は、今夜登楼する客の予定を知っていた。だが、それは仕事の一環だからで、妓女が漏らしたわけではない。

「さすが、花街の用心棒は頼りになりますね。琥珀」

「利用しているだけのくせに、心にもないことをよく言う」

「あはは！　それはお互い様ですよ。……ああ、朔月妃さまはまだかなあ！」

　そろそろ約束の時刻だ。碧はそわそわ落ち着かない様子で、聞こえるはずがないのに窓から身を乗り出し耳を澄ます。

「――ああ、お越しになったみたいですよ。先生」

　琥珀がくすりと笑い扉を指差すと、『主上と朔月妃さまがいらっしゃいました』と二人の到着を告げる声が。

　碧は驚きの顔で琥珀を見上げ、あは！　ともう一度笑った。

「お待ちしておりました！　朔月妃さま!!」

　人払いがされた応接間に二人を迎え入れた碧は、紫曄の後ろにいた凛花に飛び掛からんばかりの勢いで駆け寄った。もちろん無礼以外の何物でもないし、常識としてどうかと思う。

「……相変わらずですね、碧殿」

「碧、とお呼びください!!　朔月妃さま、お望みをこの碧に何なりとお申し付けください！」

「……分かりました。碧。では、主上にご挨拶を」

「はい！　ようこそいらっしゃいました。主上」

「……ああ。本当に相変わらずだな」

　碧の研究成果には期待しているが、凛花の命がなければ薬院長らしく礼を取れない姿には、紫曄も呆れるしかない。凛花も遠い目で天井を見上げる。と、その時、衝立の奥から覚えのある香りがすることに気が付いた。誰かが茶の用意をしているようだ。

（これ……銀桂花茶だ）

　懐かしい香りに心が躍る。やはり神月殿には銀桂花もあるのだろうか？

　あるならば是非、小花園に分けてほしい。遠い雲蛍州から苗木を取り寄せるより、近場のほうが苗に負担をかけずに済む。

「ところで碧。人払いを命じておいたはずだが？」

紫曄も衝立の向こうに人がいることに気が付いていた。もっとも紫曄の場合は香りではなく、気配で察したのだが。

今日は碧と紫曄と凛花、三人のみでという約束だ。月妃が侍女すら連れず、皇帝の衛士たちも声が聞こえない廊下の向こうに待たせてある。

「あ、申し遅れました。彼は、僕の研究の協力者です」

「協力者？」

この場にいることから、碧のいう研究とは虎化に関する研究のことだろう。

協力者がいるとは聞いていないぞと、紫曄は眉をひそめる。

「お話しようと思っていたのですが、星祭で捕まり暁月妃さまに保護された後、朔月妃さまにはご挨拶すらできず神月殿に戻されましたので……言いそびれておりました。琥珀、お二方にご挨拶を」

「――はい」

衝立から音もなく黒づくめの男が姿を表した。歳の頃は二十代前半に見える。褐色の肌に一つに編んだ黒髪。

琥珀という名は、もしかしたらその瞳の色からだろうか。夜空に浮かぶ月のような黄金色がとても印象的だ。

それにしても、図ったかのように『虎』の字を持っている男が出てきたなと、紫曄と凛花は思う。

「ご挨拶が遅れまして、失礼いたしました。碧先生のお手伝いをしております。琥珀と申します」

（あれっ？　この声……どこかで……？）

聞き覚えがある気がすると、凛花はその顔をじっと見つめた。だがその顔に覚えはない。

琥珀は静かに卓へ茶を置くと、緊張した素振りも見せず碧の隣に控えた。官吏や高位月官でなければ、挨拶の機会すらない皇帝と月妃を目の前にしているのにだ。

よほど肝の据わった男なのか、身分にこだわりがないのか。凛花の目に映る琥珀は市井に生きる者だが、身分も含めて得体が知れない。

（それに、印象的なのは瞳だけじゃないわ。褐色の肌もこの辺りでは珍しい）

西方では多くがそのような特徴を持つと聞くが、商人以外でその姿を見るのは稀だ。

「主上。琥珀の同席をお許しください。今日の会合には彼がいたほうがいいのです」

「しかし……」

紫曄と凛花は目を合わせた。碧は凛花が人虎だということを知っている。

だが、この琥珀は今日が初対面。

先だって、老師と兎杜に小花園の秘密は明かした。

しかし信頼できるあの二人にさえ、虎化までは教えていないのだ。

「碧。こちらの琥珀殿はいつから手伝いを？　研究のことはどこまでご存知なの？」

「彼に手伝ってもらって、もう三年近くになります。僕が知っていることは概ね知っております」

悪びれる素振りもなく、碧はへらっと笑って言う。

「はぁ……」

凛花は大きな溜息を落とした。三年も前から手伝っているのなら、概ねというよりも、何もかも知っているのだろう。

碧は星祭で、出番を待つ凛花に『本能を刺激する』香を嗅がせ、虎化させようとした。この琥珀が、あの香の製作に関わっていたのなら、凛花が白虎に変化することも当然知っているはずだ。

「……分かりました。同席を許可します。ですが、琥珀殿」

「はい」

「私に関して、碧のもとで知ったことは全て口外禁止です。よろしいですね？」

「承知しております」

今更のことだったのか、琥珀は何の感慨も見せず大人しく頷く。

その淡々とした様子に、凛花はやはり得体の知れない違和感を覚えた。

「ああ、よかった！　それでは、まずはお茶をどうぞ。朔月妃さま、このお茶は琥国から取り寄せた珍しいものなんですよ！　きっと朔月妃さまに相応しいお茶かと！」

「ええ。いただくわ」

懐かしい香りの銀桂花茶を飲み、久しぶりの味に凛花はほろりと笑顔を零す。

だが紫曄は、皇帝としての厳しい顔のままだ。何か気になることでもあるのか？

と、凛花は隣を窺った。

「琥珀……といったな。その肌の色、琥国の者か？」

「はい。三年前に琥国より月魄国へ参りました」

口元にほんの少しの笑みを浮かべ、琥珀が言った。

琥国とは、月魄国の西方にある古い国だ。凛花の故郷・雲蛍州から見て逆側に位置する隣国で、月魄国の周辺では、同じく月の女神を崇める桂国に次いで古い。また、長い歴史を持つこの二国には、一定の敬意をもって接するのが常識だ。

（琥国……！　ああ、だから琥珀殿は碧の手伝いなんかしているのね）

琥国は、数十年前まで鎖国をしていた、独特な文化を持つ国でもある。

国を閉じていたため、希少で高価な薬草は乱獲を免れ、薬学も独自の発展を遂げている。凛花も琥国の薬草や、薬学の書物を手に入れたいと思ったが、彼の国の者や情報はなかなか流れてこない。結局、未入手のままだ。

「碧。黒づくめの彼は月官ではないな？　どういう経緯で協力者になった」

「はい。琥国には珍しい薬草があります。彼にはその知識があったので、隠し庭の薬草と、それらを材料に作られる薬の試験をしてもらっていたのです。随分と改良の手助けをしてもらいました。ああ、琥珀の本業は楽師なのですが――」

「楽師！」

凛花はハッとし、思わず口を挟んだ。

「琥珀殿。あなた、星祭で私が歌った祝詞歌に伴奏をしてくれた方では？」

「ええ、そうです」

琥珀はぱちりと目をまたたき、ゆるりと微笑む。さっきまで無表情に近かったのに、凛花に向けるこの瞳は蕩けるようだ。

「美しい歌声の供をしたく思いまして」

「でも、あなたはどうしてあの歌を知っていたの？」

あれは故郷・雲蛍州でだけ歌われている歌だ。

星祭後に調べてみたが、他のどの州でも歌われておらず、月華宮でも、今は書庫の古い書物に残っているのみ。忘れ去られた誰も知らない古い歌となっていた。そんな今は失われた祝い歌を、どうして他国の人間である琥珀が知っていたのだ？

「琥国の一部には伝わっている歌ですから。オレはそれを知っていただけです」

「琥国にも、あの祝い歌が伝わっている……？」

いくら古い国だといっても、雲蛍州がある北端からは遠い隣国だ。

何故、琥国と雲蛍州に同じ祝い歌が残っているのか。今も昔も、人の往来はおろか、求めても書物すら手に入らないというのに。

「はい。古い一族が守り伝えてきたからでしょう。歌も、銀桂花も、大切にされていますよ」

（銀桂花も……？）

含みがあるようなその一言に、凛花は黄金色の瞳を見つめる。

琥珀は何かを凛花に伝えようとしている。だけどそれが何なのか、分からない。

それに琥珀のその瞳だ。声と同じく見覚えがある気がするが、こんな目立つ容姿をした琥珀を忘れるとは思えない。一体どこで見たのか、似た瞳を持つ人物にでも会ったのか。凛花が黙りこくっていると、紫曄がゆっくりと口を開いた。

「古い一族か。お前がその古い一族の一員ということか」

横目で窺う紫曄は、表情を廃した皇帝の顔をしていた。普段凛花に見せる、感情豊かなものとは大違い。凛花にその内情はまだ読み切れないが、緊迫した妙な雰囲気であることは分かる。

「『琥珀』という名に、俺は覚えがあるのだが」

「同じ名の者もおりますよ」

琥珀は笑みを湛え答える。紫曄は表情を崩し顔をしかめた。

「気に入らんな。琥珀といい、碧といい、凛花に向ける、欲の籠ったその目が気に入らん」

「えっ、僕もですか⁉　不埒（ふらち）な視線は送っていませんよ⁉　琥珀はどうだか知りませんが……まあ、名前より、もっと気になるお話をしましょう！」

碧は神月殿と小花園の『隠し庭』の図を卓上に広げ、無理やりその場を切り替えた。

「黄老師から小花園の見取り図と、植物の生育状況をお知らせいただいたので、こちらの『隠し庭』もあらためて調査しました。ここ、見てください。今の時点で分かる相違点はここです」

指差す朱色の印は、祠の側。神月殿のものには『桃』と書かれている。

「あら。神月殿には桃の木があったのね！」

凛花は身を乗り出し図を見比べた。

桃といえば、不老不死の薬である『西王母（せいおうぼ）の桃』が思い浮かぶ。伝説でしかなかった薬草がいくつも生えている場所だ。不老不死の薬ではないにしろ、『西王母（せいおうぼ）の桃』になぞらえ、薬の材料として植えられた可能性は高い。

「桃を使った特別な薬でもあるんじゃないかと『神月殿の書』を調べたのですが――」

「あったの⁉」

「それが、ありませんでした。驚くほど何も、一つもないのです。桃の葉などは利用方法も様々あるだろうに、さっぱり記述がないのです」

おかしいでしょう？　と碧は凜花を見つめる。

桃は実や種、葉も様々な使い道がある立派な薬種だ。そのことは広く知られており、薬師でなくとも利用するほどだ。

「そうね。おかしいわ。不自然すぎて気になるってことよね？」

「はい。その通りです。朔月妃さまが求めているものかは分かりませんが、桃だけに怪しい気もします。ですので、引き続き三巻組の『神月殿の書』をはじめ、古い文献をあたってみようと思います。早く『望月妃の書』も拝見できればいいのですが……残念ですねえ」

まだ凜花は望月妃にはならないと、碧は知っているのだろう。

だからこそ『早く見たいので望月妃に！』と言わず、『残念ですね』と言ったのだ。

（神月殿に籠っている月官なのに、よく知っているわ）

「碧。お前が星祭会場に忍び込む手助けをしたのは、董宦官長だったな？」

「はい。直接ではありませんが、あの方の手の者です。弦月宮の者でしたから。つい先日も金桂花茶を贈っておきました」

にこやかに答える碧に、凛花と紫曄は顔を見合わせた。

（なるほど。今もその繋がりはあるってことね）

「僕が捕まり失敗したことは知られていますが、こうしてお二人と繋がりを持っているとまでは知られておりません。もし知られたとしても、僕の想いが朔月妃さまに通じましたと言っておきましょう！　嘘ではありませんし！」

菫は、碧が凛花に恋情を抱いていると思っているようだが、実際は白虎に惚れ込んでいる碧に、凛花が協力させているだけだ。想いが通じたと言うには少々無理がある。

「嘘ではないけど……よろしいのですか？　主上。菫宦官長に朔月妃(わたし)の不貞を疑われるのでは？　あ、でもそう思わせておいたほうがいい……？」

こうした会合で神月殿に来たり、小花園に碧を招くことも、しやすくなるかもしれない。外部から後宮に入る許可を出すのは、菫たち宦官だ。いくら紫曄が皇帝だと言っても、いまだ強い力を持つ宦官を、ないがしろにするのは好ましくはない。

それならば、朔月妃の失点を稼ぎたい菫の思惑を利用し、碧を招く許可を出させるのも手だ。あちらが勝手に誤解し、醜聞(しゅうぶん)を期待しているだけで、凛花にやましいところはないのだから。

「そうだな……。もし碧を招く場合は、必ず俺か、老師や兎杜を伴うようにすれば問題ない。邪推する者はどのような状況でもするものだ。こちらが余計な隙を見せなければいい。――碧」

「はい？」

「これからも菫との繋がりは保て。あちらの情報を持ってこい。その代わり、こちらの情報を多少やって構わない。与える情報の選択はお前に任せる」

「え、よろしいのですか？」

碧は少々驚いた顔をして、紫曄に聞き返した。

このように『間諜をやれ』と言われるのを予想しても、流す情報の選択まで委ねられるとは思っていなかったのだろう。

「あの、主上……私は少々不安です」

この碧にそんな器用な真似ができるのか？　凛花は碧をいまいち信用しきれない。能力は問題ないと思うのだが。

「大丈夫だ。こいつは凛花の崇拝者だからな。まさか凛花に失望されたり、凛花を窮地に陥れるような愚かな真似はしないだろう。そうだな？　碧」

「勿論です。僕も馬鹿ではありません。ご期待ください主上、朔月妃さま！」

あ、いい働きをしたら一度でいいので白虎の姿を……と碧が小声で言い足したが、凛花のひと睨みでこの話は終わった。

◆

「次に、虎化を抑える薬の研究です。虎の本能を刺激したり、高める方向で探っていこうと思います！」

　碧の報告に、凛花は首を傾げた。虎の本能を刺激したり、高める……というのは、星祭で凛花が嗅がされた香など、媚薬に近いものではないか？

「どうしてその方向なの？　逆でしょう？」

　求めているのは『虎の本能を抑える』そして『虎化を制御する』薬だ。

「どういうことだ？　碧。説明しろ」

「はい。これまでは『神月殿の書』をもとに、抑える方向で実験していたのですが芳しくありません。ですから僕の元々の研究に立ち返り、分かりやすい方向から攻めていこうかと！　高める方法が分かれば、低下させる方法もおのずと見えてくるはずです。あ、そうそう。面白いんですよ。この研究の過程で、人にもとってもよく効く媚薬や避妊薬ができまして！　いい研究費用の財源になっております。あはは」

「媚薬や避妊薬？　碧。神月殿でそんなものを使っているんじゃないでしょうね」

「いいえ、ここじゃありませんよ。僕はこう見えて奉仕活動もしておりまして、その一環で花街に薬を卸しております。まあ、こっそりですが」

「おかしな薬をばら撒くなよ？　碧」

「ええ。その辺りは心得ております。月官ですから、月の女神に顔向けできないようなことは決していたしません」

碧は珍しく月官らしい顔を見せる。

白虎への崇拝、月官としての信念。そういったものを持ち合わせながら、言動は破天荒だ。面白いけど掴み切れない男だと思い、凜花は溜息の代わりに銀桂花茶を飲む。

「朔月妃さま。お茶のおかわりはいかがですか？」

「ええ、いただくわ――」

琥珀がそう声を掛け、凜花が月妃の顔で答えた時だ。

ぴく、と一瞬、凜花と琥珀の手が止まり、その直後『リン、リンリン、リンリン』と隣室から鈴の音が聞こえはじめた。

「なんだ？　碧、隣室にまだ誰か忍ばせていたのか？」

「いえ、主上。違います。あれは僕専用の呼び鈴です。あ～琥珀、悪いけど呼び鈴止めてくれる？　朔月妃さま、主上。申し訳ありませんが少し席を外します」

今日はまた随分とリンリンうるさいなあ？　と呟きながら碧が席を立つ。向かったのは扉だ。少しして、鈴の音が止まると琥珀が席へ戻った。

「失礼しました。あれは碧先生が人払いをしての実験中、どうしてもという時に鳴らされる呼び鈴です」

碧の研究には危険な薬草を多く使う。

副産物である薬にも、扱いが難しいものが多い。神月殿という、女神に仕える場所にはあまり相応しくないという意味でだ。

「どうしてもの時……。それでは余程の急用なのね」

非公式とはいえ、皇帝の訪問時に呼び出されたのだ。あの碧とはいえ、何があったのかと少々心配になる。

(今日の会合はここまでね。研究についての進捗も聞いたし、私が老師から預かった『大書庫をもう一度調べる。そちらも書庫を調べよ』という伝言も伝えた。でも……少し残念)

凛花はもう一度、神月殿の隠し庭を見に行きたかったのだ。今度は明るいうちに、碧に案内してもらおうと思っていたのだが仕方がない。

次回は庭の見学を先にしよう！　と心に決め、淹れかえられた銀桂花茶を飲んだ。

「――碧は遅いな。ところで琥珀、お前にはまだ聞きたいことがある」

「主上。それは次回にいたしましょう。碧先生が戻ります。……ほら」

何？　と紫曄が顔を向けると、一拍の後に扉が開かれた。そこには走ってきたらしい碧と、予想外の人物たちがいた。

「雪嵐」

「失礼いたします、主上。少々急ぎの用件がございまして、迎えに参りました」

「急ぎだと？」

紫曄は面倒事の予感に顔をしかめ、渋々頷き席を立った。

中途半端な形ではあるが、会合はここでお開きとなった。


迎えの馬車には、護衛役として晴嵐が乗っていた。双嵐が揃っていて、しかも他に護衛はなし。

これはどうやら相当の急用かつ、秘匿案件のようだ。

凛花は何が起こっているのかと、不安な眼差しで紫曄を見上げる。

「残念ながら今夜は抱き枕はおあずけだ。一人で帰すことになってすまないな、凛花」

「いいえ、構いません。主上、何があったのかは聞きませんが、今夜は月も出ていません。どうかお気を付けて……その、明日こそはお越しくださいね」

最後は小さな声で、紫曄だけに聞こえるよう耳元で言った。

護衛は晴嵐だし、皇都は夜も治安が良く、街も明るい。帰路に危険はないと思うが、胸騒ぎを感じた凛花はそんな明日の約束を口にした。

(何があったのかは分からないけど、明日こそはたっぷり眠らせてあげたい)

だが、凛花の心中など知らない紫曄には、それは虎猫の可愛いおねだりにしか聞こえない。瞬間、紫の瞳をとろりと蕩けさせ、神月殿の門前だというのに凛花の口元に唇を寄せた。唇の端、ギリギリ頬だろうかという位置だ。

「主上!」

「これで面倒事も難なく片付けられそうだ」

僅かに移った口紅をぺろりと舐めて、紫曄は雪嵐に急かされ馬車に乗り込んでいく。

「ああ、そうだった。凛花、帰りの足は神月殿に頼んでおいた。お前こそ気を付けるように」

「はい」

「碧。必ず安全に凛花を送り届けよ」

紫曄は凛花の後ろに鋭い視線を向けて言う。

「主上、ご安心ください。神月殿が責任をもって朔月妃さまを送り届けます」

「凛花、本当に気を付けるように」

紫曄もやはり碧を信用しきれないようだ。凛花を崇拝しているのは確かだが、信頼して丸ごと任せるのはあり得ない。月官(げっかん)の肩書きを信用して一時的に預けるのが、ぎりぎり許せる範囲なのだろう。

「心配しすぎですよ、主上」

そう言って、走り去る馬車を見送った凛花は、まだ熱い頬に手をあてていた。

限られた人数とはいえ、月官衛士がいる前で口づけられるとは思わなかった。背中に刺さる視線が痛い。

「主上と本当に仲がよろしいのですねえ。朔月妃さま、僕ともう少し親密に……」

「なりません。碧、わきまえなさい」

じろりと碧を睨む。月官たちに妙な誤解をされては困る。

とはいえ、少し言い方が傲慢だったかもしれない。それに碧のことも呼び捨てだ。

これでも碧は高位月官。神月殿としてはあまり面白くないのでは？　と、凛花は少々不安になり月官衛士たちに視線を向けた。

すると、何故か碧が目を輝かせこちらを見つめている。

「……なに？」

「朔月妃さま……！　その冷え冷えした青い瞳、とてもいいです！　はい！　僕はしっかり立場をわきまえましょう。そうだ、分からせるためにあちらのおみ足で踏んでくださいませんか？　ぜひ感触を知りたいです、朔月妃さま！」

周囲が一瞬で凍り付いた。月官たちは顔を青くさせたり、しかめたりしている。

碧の言葉は、皇帝の寵姫(ちょうき)に対し無礼でしかない。場が静まる中、凛花は穏やかに微笑み、一言だけ碧へくれてやる。

「……一生知ることはないわ」

「それは残念です。あは。では、朔月妃さまも参りましょうか。馬車を回しますので少々お待ちくださいね」

青ざめる月官(げっかん)たちが凛花に平伏する中、碧は平然と笑った。

そして用意された馬車は、目立たない地味なものだった。大袈裟なことを好まない凛花は正直ホッとした。派手だったり、仰々しく何人も衛士(えじ)を付けられたりしては気を張ってしまう。

「さあ、どうぞ。朔月妃さま」

「ありがとう」

「はい！　それでは、参りましょうか」

「え？」

凛花が馬車に乗ったところで、碧もよいしょと乗り込み、凛花の向かい側に座った。

「あなたが後宮まで来る必要はないんじゃない？」

「もう少しお話をしたいと思いまして。ほんの少しで構いません。僕に時間をくださいませんか？」

二人きりなのは困るが、すぐそこに御者がいるし後ろには衛士もついている。碧は皇帝の命令に背くほど馬鹿でもない。

「分かりました。では、後宮に着くまで」

今更、碧に対して危険は感じないし、このくらいの飴はあげてもいいだろう。

（それに最悪、何かあったら虎化して伸してしまえばいいもの）

薄曇りではあるが月は一応出ている。

碧に白虎の姿を見せるのは理屈抜きで嫌なので、できればそんなことになりませんように。凛花はそう思った。

◆

馬車が停まり、そっと扉が開かれた。凛花は訝しみつつ、碧が促すまま馬車を降りた。

「碧。どういうこと？」

ここは明らかに後宮ではない。

見たところ、賑やかな街中にある大店の裏口……といった雰囲気だ。夜だというのにガヤガヤと騒がしく、音楽も聞こえている。

それに人、食べ物、香料。雑多な香りが渦巻いている。

（今夜が曇り空で助かったかも）

凛花は片手で耳を押さえた。まだ満月には遠い月ではあるが、晴れていたなら虎の聴覚も、嗅覚も、もっと鋭かったはず。囂々と押し寄せる音と匂い、それと感じる多くの人の気配に酔ってしまいそうだ。

「ここはどこなの？」

（失敗した。なんとなく違和感はあったけど、窓は閉められていたし、碧とはいえ、こんな無謀をするとは思わなかった……！）

これが紫曄や麗麗が一緒だったなら、すぐに『道順が違う』と気付いたはず。

だが、残念ながら凛花は方向音痴だ。どうしてか方向に関してだけは、凛花の虎が働いてくれない。

「あは。少しだけ僕に時間をくださいませんかとお願いしました。それから朔月妃さま。申し訳ないのですが、これを被っていただけますか？　そのお美しい銀の御髪はとても目立ちますので」

碧はにっこり笑い、美しい青い布を差し出す。

「今この場に人はいませんが、中に入れば多いので。まさか月妃さまがこんな場所にいたら、もう大騒ぎですからね！」

「……どこなの。碧」

渋々髪を隠した凛花は再び訊ねた。なんとなく察しは付いているものの、その場所に行ったことがないので確信が持てない。

「ここは『三青楼』です。皇都いちの高級妓楼ですよ！」

碧は用意していた角灯を手に、裏口から続く細い通路を進んだ。しばらく歩くと、池のある中庭に出た。回廊状の建物からは、賑やかな音曲と声が聞こえていて、多くの人がいることが分かる。

「広いのね……。ところで、私をどこへ連れて行くつもりなの？」

「雲蛍州の薬草姫に見ていただきたいものがあるんです。ほんの少しの寄り道です。あはは」

とんでもない場所に来てしまった。碧は何を考えているのか。

（後宮妃が勝手に外出しているなんて、知られたらただでは済まない）

この三青楼は、凛花でも耳にしたことがある最高級の妓楼だ。ここに集う妓女も、楽師も踊り手も料理も全て最高のものが揃っている。もちろん客も上流の者のみ。となれば、宮中の高官がいてもおかしくない。

凛花は銀の髪が見えないように頭を布で覆い、挿していた簪で布を留める。暗くて手元が見づらく少し手間取った。

見上げる空は、今はすっかり雲が広がり月を覆い隠してしまっている。これでは隙を見て、虎化して逃げるのは無理そうだ。凛花は小さく溜息を吐いた。

「うん、いいですね！　西域の女性にはそのように髪を隠している者もおります。それっぽいですし、青がお似合いです」

「ありがとう。碧はいいの？　あなたのそれ、月官装束でしょうに」

今ここで頼れるのは碧だけ。不本意ながら頼るしかない。だというのにその碧が、目立つ月官姿とは何を考えているのか。月官には純潔が求められるが、もちろん男性も同様。だから月官が妓楼に出入りしているのはおかしいのだ。

「あら、碧先生！」

池の向こうから声が掛けられた。手を振り橋を渡ってくるのは、鮮やかな花の髪飾りを付けた妓女だ。まさか月官の身で馴染みの妓女がいるのか？　と凛花は驚きつつ、そっと碧の陰に隠れて俯く。

「碧先生ったら、最近お忙しいの？　相談したいことがあったのに全然お会いできなくて困ってたのよ。あら、新入り？」

凛花はぺこりと頭を下げた。

高級妓楼にしては軽い雰囲気の女だ。布を深く被った凛花には、華やかでも最高級には遠い質の裾が目に入っている。彼女はまだ新人か、下級の妓女なのだろう。

「うん。少し忙しくてね。琥珀に託した薬では足りなかったのかな？」

「いいえ。そのお薬じゃないの。最近ちょっと肌荒れしちゃって……」

（随分お喋りな妓女ね。困ったな、早くどこかへ行ってほしい……。ん？）

風に乗り、凛花の鼻に嫌な匂いが届いた。記憶にある毒草によく似ている。

だけどこの周囲に毒草は見当たらない。ここにあるのは、よく手入れされた松や柳と、背の低い庭木だけだ。

（どこから漂ってきてるの？　それに何かと混ざっている匂い……何だろう、これ）

「――ですが診察をしなければ薬は出せませんよ？」

「むりよ！　仕事中なのに化粧を落とせるわけないじゃない」

妓女が首を横に振ると、花の髪飾りがキャラキャラと高く軽い音を立てた。そこで凛花は、ハッと顔を上げた。

「あなた、その花飾りはどうしたの？」

「え？　どうしたって、買ったのよ？　ほら、今『朔月妃さまの花輪飾り』が流行ってるじゃない」

予想外の返しに凛花は目を丸くした。『朔月妃さまの花輪飾り』が流行っているとは、何のことだ？　と。

「素敵でしょう？　わたしのは天星花と金桂花の飾り」

彼女は凛花に髪飾りを付けた頭を寄せる。すると、やはり気になった匂いが強く香った。凛花は顔をしかめ、鮮やかなその花輪の飾りを見上げる。

彼女が言う通り、天星花と金桂花が散りばめられているが、問題はそこに添えられた葉だ。

「これ、どこで購入したの？」

「ああ、あなたも注文したいのね？　そうよねえ。私たち下級妓女には、天上のお姐さま方のような珊瑚やべっ甲は無理だもの。あなたのその衣装も、輝青絹を模したものでしょう？　すごく質のいい模造品ね！　どこで買ったのか、わたしに教えてくれない？」

碧がぶふっと噴き出した。どうやら彼女は、凛花を同じ下級妓女と思っているようだ。

輝青絹は月光に反応し輝く布地だ。だから曇り空の下ではただの絹。

下級妓女と思い込んでいる彼女は、まさかこれが本物とも思わないし、凛花が朔月妃だとも気付かない。

「ごめんなさい。頂き物だからどこの品かは分からないの。ところであなた、肌荒れがはじまったのは、その髪飾りを付けてからじゃない？　肌が赤くなったりしただけじゃなく、どことなく怠さがあったりもしない？」

「えっ。ああ、言われてみればその頃からかもしれないわ。でも、これを付けた翌朝は怠いけど、それは忙しさのせいよ。まだこのお店に馴染んでないから……」

彼女はシャラリと揺れる天星花（てんせいか）の飾りに触れる。と、凜花がその手を掴んだ。

「駄目よ。触らないほうがいい」

「え？」

「それは毒よ」

凜花はきっぱりとした口調で言った。

「驚きました。まさかあれが毒だったとは……僕は気が付けませんでした」

碧の手にあるのは、布に包まれた妓女（ぎじょ）の花輪飾りだ。

あれは毒だと説明したが、彼女はなかなか信じなかった。高級品ではないが、枝葉の鮮やかな緑色を気に入っていたからだ。

凜花が『騙されたと思って今夜はこの髪飾りを外してほしい』と言い、自分の簪（かんざし）を貸すことで彼女はやっと外し、碧に託してくれた。あの簪（かんざし）は故郷にいる時から使っているもの。少々華やかさには欠けるが悪い品じゃない。

（行き先は神月殿だからって、華美なものを避けて本当によかった。簪（かんざし）から身分がバレたら大変だもの）

朔月妃といえども後宮の月妃だ。その品は簪一つまで記録されているし、目が利く者が見れば妓女が持てる品ではないと気付かれてしまう。

その点、凛花が元々持っていた私物なら記録はされていないし、妓女が持っていても不思議でない品だ。

「私はよく利く鼻を持っていたし、あの着色塗料のことを知っていたからよ。ふふ！碧に連れてこられてよかったわ。苦しむことになる子を一人減らせた。肌荒れで済んでるうちはいいけど、あれはじわじわと体をむしばむ毒なのよ」

あの美しい緑色が曲者なのだ。綺麗だから売れる、綺麗だから愛用する。そうやって大切にした品のおかげで、寝込む羽目になった者を凛花は見たことがあった。

「あれは発色を良くしたり、美しい艶が出る着色塗料なの。手頃な値段で買えるから、高級品に憧れるけど手が出ない女性が買ってしまうのよね」

彼女は『私たち下級妓女には、天上の姐さま方のような珊瑚やべっ甲は無理だもの』と言っていた。その花輪飾りに使われていた素材は木や骨だ。宝玉だと思っていたものも、実は硝子玉で彼女は憤慨していた。

実は数年前に、雲蛍州でも似たような品が妓楼や酒楼の女性の間で広まり、中毒症状を起こし騒ぎになったのだ。薬草の産地で医薬師の多い雲蛍州だからこそ、迅速に対処し大事にまでは至らなかった。

（一応、注意するように州候の名で各地に書簡を送ったけど、皇都では相手にされなかったのかも）

騒動があったのは約三年前。前の皇帝と月妃たちが処分され、紫曄が皇位に就いた頃だ。きっと皇都だけでなく、多くの州も同様に混乱していた時期と重なる。

（雲蛍州は端っこだから、そんなに混乱も影響もなかったんだけど……。私の後宮入りが延期になったくらいだったわね）

「化粧品には気を付けていたのですが、宝飾品までは気が回らなかったなあ。神月殿に籠っていてはなかなか知れない情報でした。同様の花輪飾りを使用禁止にし、安価で美しいものには注意する通達を出すよう、妓楼の主人に伝えます。朔月妃さま、感謝いたします」

碧は改まった礼を取り言った。真摯な言葉とその態度は月官そのもの。碧にもこんな月官らしいところがあるのかと、凛花は少し驚き、碧を見直した。

「大したことはしていないわ。後日、あの毒と薬について記したものを送ります。そうね、碧から『雲蛍州で似た事例があったと小耳に挟みました』と私宛に文を送って。それなら私が、あなたに文を送っても不自然じゃないでしょう」

「かしこまりました。うん、それはいいですね。董宦官長と接触するいい機会にもなりそうです」

「それから、月の名で呼ばれるのは困るわ。誰かに聞かれるとも限らないもの。そうね……とりあえず『凛』と呼んで」

「は、はい！　凛さま！　ああ……僕だけの呼び名をくださるなんて……！」

ほんの少し前に見直したばかりだったのに、やはり碧は碧だった。決して甘い顔をしてはいけないと凛花は思う。

「碧。ここを出るまでの間だけよ。はぁ……。それで？　私に見せたいものがあるんでしょう？　早く済ませましょう」

「はい。見せたいものはこの先なんです。もう少し歩きます。凛さま……！」

仮の名を噛みしめるように呼ぶ碧には反応しないと決め、凛花は無言で碧の後をついていった。

（本当は早くここを出るべきだけど……。碧がこんな無茶をして、私を連れてきた理由が気になる）

毒が使われていた花輪飾りのように、何か問題のあるものがあったとしたら。それを放置して帰ってしまったら、絶対に後悔する。

「碧。急いで」

「はい！　凛さま！」

凛花は髪が見えぬよう、被った布をギュッと握り締め、妓楼（ぎろう）の中を足早に進んでいった。庭をしばらく歩くと灯りが見えてきた。小振りだが豪奢な離れだ。高級妓楼（ぎろう）だけあって、こういう離れの個室も必要なのだろう。

「着きました、ここです。僕はここを『小隠し庭』と呼んでいます」

角灯（ランタン）で照らされたそこには、目隠しの柵で覆われた小さな畑があった。凛花は香りで薬草園だとすぐに気付く。

「ここも隠し庭？　……見たところ、一般的な薬草に見えるけど」

「はい。主に生えているのは普通のものです。ですが一部、小花園にある怪しげな薬草と思わしきものがあるんですよ」

よく手入れされた畑の間を進み行くと、そこにはひっそりと、たしかに小花園にもある白い花をつけるあの薬草があった。

弦月妃が美容液に使い、媚薬（びやく）の香を作らせようとした、凛花には曰くも縁もある薬草――『霧百合（きりゆり）』だ。それから万能に使える『百薬草（ひゃくやくそう）』と、凛花には見覚えのない薬草もある。山がちで涼しい雲蛍州では育たない、外国由来のものかもしれない。

霧百合（きりゆり）は調合次第で媚薬（びやく）にもなるので、後宮では禁止薬草となっている。だが、外の世界では特に禁止はされていない。

「どうして、こんなものがここに……。庭先で栽培されるような一般的な薬草ではないはずよ」

一体誰がここに植えたのか。いつからここで育てられていたのか。

まさかとは思うが、小花園を作った望月妃か、神月殿の月官薬師が、今の凛花や碧のように何らかの理由でここを訪れ植えたのか？

（妓楼という場所と商売柄、霧百合から作られる薬を必要とするのは分かるけど……）

まさか、ここが高級妓楼である所以はこれにあったりはしないだろうか。凛花は嫌な想像をしてしまい眉を寄せた。

妓楼に強力な媚薬と避妊薬が揃えば、嫌でもおぞましい想像をしてしまう。時の権力者がそのような場所を作り、口を軽くするため、敵を懐柔したり篭絡したりするため。利用方法はいくらでも考えられる。

「この『小隠し庭』は、代々ここの下女が世話をしているそうです。僕は月官薬師として、ここで無償で奉仕活動をしているのですが……。やはりこれは、あの霧百合でしたか」

「碧も調べたのでしょう？」

碧は頷く。

薬師であり、研究者でもある碧がそう判断したのなら、間違いないだろう。

「ですが凛さま。僕はこちらの百薬草と、見慣れぬ薬草がより気になっているんです」

その薬草は凜花も気になっていた。だが、百薬草が気になるとはどういうことだ？

碧に招かれ、凜花は畑にしゃがみ込む。

「凜さま。よく見てください。これらの薬草に、本当に見覚えはありませんか？　僕には『神月殿の書』に描かれていた、でたらめの薬草に似ているように思えるんです」

「でたらめの薬草？　待って、よく見せて」

しかし凜花は『神月殿の書』は一度見ただけだ。照合するには記憶が曖昧すぎる。

『神月殿の書』には、お伽噺に出てくるような不思議な薬や、見たことのない──でたらめに描かれた、架空のものと思われる薬草が載っていた。

「確定ではありませんが、これは書に描かれていた『効果を増幅させる』薬草、こちらは『甘さを足す』薬草なのではと僕は予想しています。ですが一番見てほしいのは……ああ、これです！　この百薬草です！」

碧は百薬草が茂る中から、無造作に抜いたものと、選び抜いたものを凜花に見せた。

「凜さま、見比べてみてください。極々たまに、よく効く風邪薬ができることがあって何かおかしいと思っていたんです。そうしたら、ちょっと変わった特徴がある『百薬草』があったんです」

「特徴？　……あっ！」

二つを見比べて、凜花はあることを思い出した。

（そういえば、明明が前に気になることを言っていなかった……⁉）

凜花は慌てて百薬草の葉の裏側、付け根の部分を確認した。

片方だけ、紫色をしている。

「葉脈の色が違う……」

「そうなんです！　群生しているうちの何割かが、普通の百薬草とは違う特徴を持っているんです！　けど……凜さま、よくすぐに気付きましたね？」

「……ごめんなさい。色々なことがあって伝え忘れていたけど、小花園でも同じような『百薬草』が見つかっていたの。私の侍女が気付いてくれていたのに……すっかり忘れてた……！」

凜花は大きく項垂れた。いくつもの騒動や星祭を終えたと思ったら、次は月祭だと日々に終われ、すっかり失念してしまっていた。星祭前。明明が実家に戻った時に、同様の特徴を持つ『百薬草』に気が付いていたのだ。

『少し日が経ってしまったせいで変色した可能性もあるのかもしれないが、この百薬草も、骨芙蓉と同じく、普通は栽培されない珍しい薬草の可能性があるのではないか？』と、報告をもらっていた。

「そうですか！　では神月殿にもある可能性が高いですね。採取し、ただの百薬草なのか、新種なのか調べてみましょう。いや～凛さまのお役に立てて何よりです！」

「ええ。私も、黄老師にお願いして小花園の調査を始めるわ。……碧、ありがとう」

　碧は目を丸くして、満面の笑みで頷いた。凛花からの礼が嬉しすぎて声が出ないらしい。

　碧についてきて正解だった。『百薬草』というありふれた薬草だったので、後回しにしたのがいけなかったが、思い出せてよかった。

「あ、そういえば、この霧百合は大丈夫なの？　妙な使われ方はしていない？」

「はい。ここで伝統的に使われている媚薬には、特に中毒症状もありませんし、依存性も見られません。」

　ついでに見慣れぬ薬草は、特に使われることはなく、ただ代々世話をし続けているらしい。

「そう。……。ねえ？　媚薬や避妊薬の使い方も、碧は聞いている？」

「使い方ですか……？　ああ！　ご心配なく。媚薬は娼妓に使うのではなく、乱暴な客などかなり厄介な客にこっそり使っているそうです。手早く済ませたり、勝手に果てるようにしているとか。避妊薬のほうは女たちが使っていますが、一般的なものよりも副作用がなく助かっていると聞いてます」

　後者はともかく、前者は凛花には予想外の使い方だった。

「それならよかった。こういう場所は、私は初めてだからよく知らなくて……」

「あはは！　それはそうでしょうね。花街の外で生きる女性には縁のない場所です。本当は月官にも縁のない場所なんですけどね！　あは。琥珀が僕を訪ねてきてくれて本当によかったです」

「訪ねて？　どうして琥珀殿は碧のところに？」

「霧百合です。なんでも彼の故郷、琥国にも似た薬草があるそうで、危険なものではないかって確認しに来てくれたんですよね」

琥国にも霧百合が？　小花園で品種改良されたものではと仮説を立てていたが、そうではなく、琥国から入ってきた可能性もあった。

「それに琥珀と知り合えたお蔭で、僕の虎化の研究は飛躍的に進みましたし、人虎の本能を高める薬のいい実験の場も確保できましたから！　あ、避妊薬――虎の本能を抑制する薬もここで試してもらおうと思っています。媚薬のほうも見ないといけませんし、しばらく僕も妓楼通いですね！」

厄介な客とはいえ媚薬の香を嗅がせるのはどうかと思うが、試す場所は絶対に必要だ。香や薬を試してくれる妓女たちも、碧を信用しているからこそなのだろう。

「碧。媚薬のほうはまあ、言えないかもしれないけど、避妊薬のほうは必ず服用者の同意を取ってね？　とても繊細な部分に作用する薬だし、間違いは起こしてはいけないわ」

「心得ております！」

薬師としての碧だけは、少し信頼してもいいかもしれない。

大切に手入れされたこの小さな薬草園。碧を先生と呼び声を掛けてきた妓女。

扱いが難しい薬草も、碧が監督していれば大丈夫だと思える。

無理やりに連れてこられた妓楼だったが来てよかった。凛花はふっと笑みを零す。

すると少し気が緩んだのか、必要以上に音を集めていた耳に、澄んだ弦楽器の音が聞こえてきた。もう少し奥にある離れのほうからだ。

「素敵な音ね……繊細で、でも力強くて綺麗」

人の心に響き入る、真っ直ぐな音だ。軽やかで、踊るようで、高く低く響いている。

「これはきっと琥珀ですね。星祭で弦月妃さまに招集された楽師は、ほとんどがこの者だったんですよ」

月華宮の楽師と肩を並べられる腕前とは、さすが皇都いちの三青楼だ。琥国から来た琥珀も、楽器の腕が一流だったからこそ、ここで働けているのだろう。

碧がもう少し近くで聴きましょうかと言い、凛花を庭の奥のほうへと案内した。この先にはいくつかの離れしかないので、人も少なくて安心できそうだ。

「そういえば、琥珀殿も薬の試験をしてくれているって言ってたけど、楽師なのよね？　それとも琥国では薬師だったの？」

『小隠し庭』の霧百合などについて、碧に訊ねるだけの知識があったのだ。全くの素人ではないと思う。

「ああ。それは琥珀の口から――」

その時だった。離れの一つから、大声で何かを喚く男が出てきた。そして凛花を見つけると「おい！」と叫んだ。

「そこの妓女ぉ！　こっちへ来い!!」

男はだいぶ酔っているようで、顔は赤く足下が覚束ない。凛花は被っていた布でさっと顔を隠した。すぐに妓女なり下男なりが出てきて場を収めると思ったからだ。下手に関わらないほうがいい。

「聞こえんのかあ！　そこの、布被ってる女ぁ!!」

男は尚も声を荒らげ、とうとう庭に下り凛花めがけて突進しはじめた。

もしかしたらこの男は、あの薬を使われるような、面倒で厄介な客なのでは？　凛花は眉をひそめ、そっと碧の後ろに隠れた。

「えっ。凛さま、僕は腕っぷしはからっきしで……」

「私も虎になれなきゃ似たようなものよ」

いや、足腰に限れば、畑仕事で鍛えている凛花のほうが強いかもしれない。

男性のほうが体が大きいし、こういう場面では頼れるかと思い隠れたが、碧は細身でどちらかといえば小柄だ。しかも研究室に籠りっきりで、すりこぎ棒より重いものを持ったこともなさそうときている。

（失敗したわ。さっさと走って逃げるべきだったかも）

けれど空を見上げても月は雲に隠れたまま。

もしも変化できたなら、虎化して押し倒すか、この場から逃れ身を隠すこともできた。なんせ相手は酔っ払い。あとで虎が現われたと騒いだとしても、『夢でも見たのでしょう』と笑われるのが落ちだ。

「聞いておるのかぁ！　新人か？　まったくいくら待てども妓女は来ないし、新人は月官なんぞと戯れているときた！　おい新人！　わたしの酌をせい！」

「おやめなさい！　この方は妓女ではないぞ！」

碧が両手を広げ、凛花の前に立ち塞がった。が、酔った男の力に容赦はない。碧は肩を掴まれ、横なぎにされ豪快に吹っ飛んだ。

「碧っ！」

「おお、新人。色が白くてわたし好みだ。さあ来い！」

上機嫌な男は凛花の手首を掴むと、引きずるようにして離れへ進んでいく。行く先は誰もいない離れ。この辺りには人も少ない。これは拙い。

凛花は掴まれた腕に力を籠め、振りほどこうとするが全く歯が立たない。このままでは離れに引きずり込まれてしまう。

「手を放しなさい！　聞いてるの⁉　はなせっ……！」

「チッ、生意気な新人だなあ！」

苛立った男が手を振り上げ、凛花が衝撃を覚悟したその時。ドンッという大きな衝撃音と共に、目の前に黒いものが降ってきた。

「ガウッ‼」

男を押し倒し吠えたのは、黒い、闇夜のような虎だった。

◆

「えっ……」

手を引かれていた凛花はたたらを踏み、ぺたんとその場に座り込んだ。

男は完全に伸びてしまったようで、ピクリとも動かない。気絶しているようだが、相当酔っていただけに　少々心配になる。

しかし、凛花の関心は酔っ払い男よりも、そこにいる黒い獣だ。

（大きな黒い虎。……虎？　虎って、こんな街中にいるの？）

国一番の妓楼は、こんなに美しい獣まで使役しているのか？　それも立派な成獣だ。大人の男よりひと回り以上大きい。

凛花は呆然と目の前を見つめた。伸びた男の上に乗っていた黒虎は、尻尾をゆらありと揺らめかせ、ゆっくりと凛花を見上げた。

転がった角灯の小さな灯りと、離れの薄明りに浮かび上がるのは、闇夜に溶ける漆黒の毛皮。そして凛花を見つめる瞳は、まるで月を溶かしたような琥珀色。

凛花は、その琥珀の瞳に見覚えがあった。

（まさか。でも、あの音楽が途絶えている――）

どっどっと心臓が跳ねている。まさか、まさか。

でも、そうなら小さな疑問の全てにも、凛花が抱いていた違和感にも合点がいく。

碧の薬の試験をしていること、霧百合を知っていたこと。それから星祭で見たあの黒い影。雲蛍州の祝い歌を知っていたのも、もしかしたら彼が『人虎』だからなのでは？

「……こ、琥珀！　遅いですよ⁉」

後ろのほうでジャッと玉砂利を踏みしめる音がして、起き上がった碧が文句を言っている。琥珀に向かってだ。

「グルゥ」

黒虎(こっこ)は煩わしげに尻尾をピンッとしならせて、凛花を見つめ一歩、二歩。近付いた凛花の頬に、スリッと額を擦り付けた。

そして目線をチラリと落とし、乱暴に掴まれたせいで赤くなった手首を見とめると、グゥ……と唸り今度はべろりと舐めた。ざらざらした大きな舌は、思っていたよりも生温くて、ちょっとくすぐったい。

紫曄はこの感触が好きだと言うが、凛花はどうにもこそばゆくて腕を引いてしまう。

「あなた……琥珀殿、なの？」

ピクリと耳が反応した。黒虎(こっこ)は尻尾で凛花の頬を撫でてスッと顔を上げた。

鼻先を伸ばし、凛花が被る青い布を引っ張ると、自分の体にバサリとまとわせた。

そして、ゆらりその姿を歪ませたかと思うと、凛花の目の前には黒虎(こっこ)ではなく、素っ裸の琥珀がいた。

「……そうだ。ひとまず隠れるぞ」

琥珀は布を腰に巻き、凛花の手を引き離れに飛び込んだ。

◆

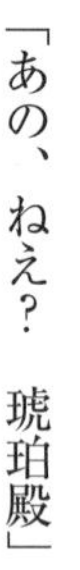

「あの、ねえ？　琥珀殿」

「少し待ってくれ」

客室の卓子には、食べかけの膳と大量の酒器が転がっていた。あの男が脱いだらしい上衣も投げ捨てられている。

琥珀は上衣を拾って羽織ると、腰に巻き付けていた布を凛花に返す。

「悪かったな。あなたの髪は目立つし、オレも裸ではまずかったから……」

と、そこまで言って琥珀ははたと言葉を止めた。凛花が手を差し出すと、琥珀はじわっと頬を赤らめ布を抱え込んだ。

「えっ」

「すまない。腰に巻いたものを被らせるわけにはいかなかった。――碧！　碧先生！」

庭のほうから「はいはい」と疲れた声が聞こえ、少し衣装を汚した碧が顔を出す。

「はいはい。ああもう、琥珀ってば猫を被るのやめたんだね？　そのほうが君らしいよ」

「猫」

黒虎だったが……と凛花は目の前を見上げる。

「主上もいらっしゃいましたしね。会合では随分と繕っていたので、僕はもうおっかしくて！　あは！」

「笑えばいい。その前に先生、人が来ては困る。多分、あの客は天人に振られた金だけ持ってる無粋者だ。妓女は来ないだろうが、様子を見に来る者はいるはずだ」

天人？　と凛花は心の中で首を傾げるが、先程の妓女が『天上のお姐さま方』と言っていたし、前後のから想像するにきっと高級妓女のことだろう。

「あ～はいはい。それなら大丈夫。ちょうど様子見に来た子がいたから、厄介客が酔い潰れて寝てるよって言っておいた。朝まで誰も来ないって。それにしても、あちらの姿で来るとは思わなかったよ。助かったよ、さすが三青楼いちの用心棒だ」

「三青楼いちの用心棒？」

「楽師兼、用心棒だ。男のオレがここで楽師として雇われるには、もう一つオマケが必要だった」

「えっ、オマケって……」

まさか虎になれると秘密を明かしているのか？　と、凛花は琥珀を凝視する。

「秘密は明かしていない。あなたに危険が迫っていたから、今夜は特別だった。オレはただ、楽師として自然に高級妓女の近くに待機し、いざという時には守ることもできると言い、実力を見せただけだ」

「そういう意味ね」

人の常識はそう変わらない。雲蛍州と皇都で、星祭や月祭の常識が違うのは、長年の習慣と環境のせいだ。

人虎は、雲蛍州でも皇都においても、お伽噺の彩りでしかないのは同じ。

（人が猛獣に変われば恐ろしく思うのも当然。どこへ行ってもそれは変わらないでしょうね……）

琥珀は男性であっても楽師として採用される腕を持ち、華やかな妓楼に馴染む容姿も持っている。それに、変化しなくとも人虎が持つ聡い耳や鼻、身軽さも持っていれば『三青楼いち』というのも納得だ。

「琥珀殿。遅くなりましたが、助けてくださったことにお礼を。碧も。庇ってくれてありがとう」

碧が「今夜は二度もお礼をいただいた！　吹っ飛ばされてよかった！」とよれよれの姿で喜んでいるが、今はそれも碧らしいと気にならない。そんなことよりも、凛花が気になるのは、しなやかな黒い体躯を見せた目の前の男だ。

「あなたは、私と同じ人虎なのね？　琥珀殿」

琥珀はくしゃりと顔を歪め、どこか悲しそうに微笑み頷く。

「初めて会った……。私以外にも、虎がいたなんて……！」

「朔月妃さま。オレは、あなたにお話ししたいことがあります」

「あ、待って。その前に、私のことはここでは凛と呼んで」

「凛……さま？　凛殿？」

「どちらでもいいわ」

「しかし、偽名にしては……」

単純すぎないか？　と戸惑い顔の琥珀に、凛花は微笑みかける。

「大丈夫よ。朔月妃の顔なんて、後宮の限られた人間しか知らないもの。そうそうバレないわ」

凝った偽名など、凛花本人が反応できそうにないし、『りん』という同音の名はよくあるもの。銀の髪だって、見られたとしても『朔月妃の花輪飾り』や輝青絹が流行している今なら、朔月妃にあやかって染めたと言えば切り抜けられそうだ。

「琥珀、言っておくけど僕もその名を呼ぶことを許されているからね！」

「そうですか。よかったな、碧先生」

偽名を呼ぶことを許されて何が嬉しいのか？

少し見直したところだったが、相変わらずな碧に凛花は笑った。

◆

飛び込んだこの離れには、いくつかの間がある。窓から外を見てみると、少し離れた斜め隣りにも似た建物があった。離れとはいっても、後宮ほどの独立性はない。庭木が仕切りのようになっており、互いに会話は聞こえない程度の距離感だ。

「妓楼って、こういう建物もあるのね」

「この店は少々特別ですねえ。高貴な方々も様々な目的でいらっしゃる場所なので、隣り合う客室より離れが使いやすい……ということでしょう」

　碧の話に、凜花はそういうものかと曖昧に頷いた。落ち着かない気分でそんな話をしていると、衣装を着直した琥珀が戻ってきた。もう一度、虎に変化して脱いだ衣装を取ってきたのだ。

　神月殿で着ていたものとは違うが、琥珀はここでも黒を基調としたものをまとっていた。妓楼という華やかな場所ではあるが、琥珀自身の役目は楽師と用心棒。どちらも主役ではなく、陰から支える立場だ。

（でも、本当に黒がよく似合ってる……。黒虎の姿が印象的だったせいかもしれないけど）

　琥珀の黒虎は、凜花の白虎とは違い立派な成獣の姿だった。凜花はずっと猫のような子虎の姿で、つい先頃、紫曄と心を通わせたことを切っ掛けに少し大きな虎になった。といっても、まだまだ成獣には遠い子虎の大きさだ。

（私はまだ、虎化する自分を受け入れ切れていないから……？　成獣になれる琥珀殿とは、一体なにが違うんだろう）

「凛殿。こちらの布をどうぞ。髪を隠すのに使ってください」

「ありがとう」

琥珀と揃いにも見える黒の薄布だ。小さな星屑が散りばめられていて、繊細な輝きが美しい。凛花はふわりと頭に被ると、琥珀に向かい側の椅子に座った。

「それでは琥珀殿。あなたの話を聞かせて」

人虎(じんこ)である琥珀からどんな話が出てくるのか。神月殿ではなく、わざわざ連れ出されたここで凛花一人に話す意味は何か。

(しっかり見極めなきゃ)

凛花はじっと琥珀を見つめる。

「全て正直に話す。オレは琥国で『〝月を満たす〟と言われた神託の妃が、人虎(じんこ)であるか調べろ』と命令を受けた」

凛花はひゅっと息を呑み、目を見開いた。

(私、人虎(じんこ)じゃないかって疑われていたの⁉)

「どうして。誰がそんな命令を……！」

神託が出たこと自体は、それなりに広く知られていた。隣国である琥国まで噂が流れていっても不思議ではない。だけど『白銀の虎が膝から下りる時、月が満ちる』という神託の内容を知っているのは、月魄国でも一部の者だけだったはず。

それが、なぜ琥国に内容まで知られていて、どうして神託の妃が人虎であるか調べろなんて命令が下されたのだ⁉

「琥国の王に命令された。三年前、王は凜殿に出された神託の内容を知り、もしかしたら探し求めていた白虎かもしれないと、オレを月魄国に送り込んだ」

「探し求めていた白虎……？　何故？　どういうことなの？　琥王は何を知っているの？」

「何、というのが何を指しているかにもよるが……人虎についてなら、全てを。凜殿よりも、月魄国皇帝よりもよく知っている」

　ぐわんと凜花の頭が揺れた。

　どうして自分だけが白虎に変化するのか、どうして凜花の家――虞家に人虎が生まれるのか、人虎とは何か。そのすべてを知っている者がいるというのか！

　信じがたいその衝撃に、凜花の心臓が震える。

「琥国にも、時たま人虎が産まれる一族が存在する。人虎の特徴は琥珀色の瞳。オレはこの瞳をもって、『琥珀』と名付けられた」

「琥国にもいたのね……！　ねえ、琥珀殿。あなたは霧百合などの人虎にかかわる薬草を知っていたでしょう？　もしかして琥国には、私が求めている薬があるの？　あなたは作り方を知っているの？」

ぎゅっと両手を握り込み、凜花は前のめりになって琥珀に訊ねた。

「いや。多分、あなたと碧先生が研究している薬はない。琥国には必要のない薬だからな」

「そう……なのね」

凜花はがくりと肩を落とし、卓子に額をつけるほど項垂れた。

人虎が目の前に現れ、しかも自分よりも色々と知っていそうだ。これは一気に、自らが求める答えに近付けるのでは！　と期待してしまった。

（そう上手くはいかないか……）

そんなものだと凜花は自分を慰めるが、期待した分まだ顔を上げる気になれない。

と、頭巾から零れた銀髪がひと房、さらりと触れられた音がして、凜花は少し顔を上げて見た。そこには凜花の長い銀髪を弄ぶ、琥珀の手が見えた。あり得ない無礼だが、今の凜花はどうでもいいと、そのままにさせてまた顔を伏せた。

「凜殿。琥国の王家は人虎を崇めている。その中でも、最も尊いとされ、求められているのが白虎だ」

「白虎……私、ね？」

琥珀は頷く。

「琥王は、神託の妃が白虎だったなら、琥国へ連れてくるようにとも言った」

「……琥珀殿。あなた、私を誘拐する気なの？」

凛花はゆっくりと体を起こし、銀の髪を手にしている男を見上げた。

（琥珀殿がその気なら、私に抗う術はない。だって、月のない今夜は虎になれな――）

「あれ？　琥珀殿、どうして虎化できるの？」

人虎が目の前に現われた衝撃で、そんな当たり前を失念してしまっていた。

人虎は月が出ている夜に虎に変化する。だから新月の夜や、今夜のような曇り空では虎化できない。だけど、琥珀は立派な黒虎に変化していた。

「ふふっ。オレは出来損ないの黒虎だからな」

「……え？」

「黒虎は、月が出ている夜には変化できない。月のない、暗い夜にだけ虎化できる、不完全で不吉なもの。琥国の王室では、忌み嫌われる存在だ」

美しい琥珀色の瞳が揺れ陰り、琥珀は目を伏せる。

「だから凛殿。オレは白虎であるあなたに憧れている」

琥珀は凛花の銀髪を恭しく持ち上げると、そっと髪に口づけた。

――が、それはほんの一瞬だけ。凛花が飛び上がるように立ち上がって、掴まれていた髪をグイッと引っ張った。

「無礼です。琥珀殿。同じ人虎の誼があっても、このような戯れは受け入れられません」

「……失礼しました」

本当は、髪に触れたその時に拒絶するべきだったのだ。

同じ人虎の仲間がその姿を晒し、人虎と琥国の情報を教えてくれた。そのことから、琥珀に対する警戒心が緩んでしまっていた。何が煙となり、足をすくわれるか分からないのだ。自分が後宮の月妃という立場であることを忘れてはいけない。

「琥珀殿。まだお話があるようでしたら、次は主上も一緒です。いいですね」

凛花は口調を改め、琥珀との間に一本の線を引く。同じ人虎であっても、彼は仲間ではない。

（そうよ。琥珀殿は、私を琥国へ連れてくるようにと命令を受けているんだもの。馴れ合うべきじゃない）

碧と同じだ。利用はするが信頼してはいけない。

彼らに自分の身をゆだねることは、絶対にしてはならない。

「碧。私は後宮へ戻ります。裏口に案内して」

「あの、凛さま。ちょっとお待ちください。僕、気になってることがまだあるんですよね」

少しだけ琥珀に聞かせてほしいと、碧が凛花の言葉を遮った。

お喋りな碧がここまでずっと黙っていたのだ。少しくらい構わないと凛花は頷く。

「ねえ琥珀。君、どうしてペラペラと琥王からの命令を喋ったんだい？　それって、君にとって何か得がある？」

言われてみればその通りだ。話の内容に衝撃を受けすぎて、そのちぐはぐさに凛花は気が付いていなかった。

（やっぱり碧は、興味の対象以外には本当に冷静ね。助かるかも……）

ふと、もし宦官として仕えてくれたら、とても頼りになりそうだと思った。

でも、もしお願いしたら、二つ返事でさっさと去勢（きょせい）してしまいそうだとも思い、凛花は決して軽々しくは口にしまいと胸に誓った。

自分の一言で他人の人生を変える覚悟はまだ、凛花にはない。

「凛さまを琥国に連れて行きたかったなら、今夜は最適じゃないか。君は黒虎（こっこ）に変化して凛さまを攫えばいい。僕だったらそうするね。ついでに僕のことは殺して川に流すか食べてしまうかして、かどわかしの罪を被ってもらう。だって神月殿から僕が凛さまを連れ出したのは知られているからねえ。――で、どうなんだい？　どうして正直に話して、だけど凛さまを攫わないのかな？」

碧の言葉に、凛花は少々引いた。やはりこの男は月官（げっかん）よりも、宦官や官吏に向いているのではと思ってしまう。仮定であっても、よくもまあ自分を殺して川に流すだとか、食べてしまえと言えるものだ。

そう感じたのは琥珀も同じだったようで、呆れ顔で碧を見下ろし溜息を吐き出した。

「虎になっても人は食いませんよ、碧先生」

「あは。ごめんね。それで？　質問に答えて？　じゃないと気になって帰れない」

「……命令通りに凛殿を琥国に連れて行ったとしても、オレには何の利益もない。だから最初から、琥王の命令を聞く気はない」

えっ、と凛花は琥珀に視線を向けた。

「白虎を連れ帰ったら、オレの役目はそこまで。凛殿は琥王に奪われるだけだ。それならここで、碧先生と共に凛殿に協力したほうが自分のためになる。――オレは、王を見返してやりたい」

ああ。琥珀はそう思う程に、黒虎（こっこ）というだけで虐げられてきたのか。

凛花はそう思った。

琥珀は黒虎（こっこ）を、『琥国の王室では、忌み嫌われる存在だ』と言っていた。王の命令に逆らおうと思うまでの扱いとはどれ程だったのか。想像すれば胸が痛む。

（それに『凛殿は琥王に奪われるだけだ』って……ゾッとする！）

紫曄のように妃の気持ちを慮（おもんぱか）り、尊重するような皇帝は稀。琥国は白虎を崇めている国だからこそ、王は白虎である凛花を我が物にしようとして当然だ。

「ああ、そういうことか。見返したい！　結構だね。うん、それなら分かるな」

茶化すような言葉だが、碧はうんうんと頷き琥珀に手を差し出した。

「よしよし。これまで通り協力を頼むよ、琥珀。凛さまは虎化しなくなる体になりたい。琥珀は月夜に虎化できるようになりたい。凛さまが求める制御の薬は、逆の作用を持つ薬にもなるんじゃないかな」

碧はにっかりと笑う。

本能を高める方向である媚薬を突き詰めていけば、その逆である本能を低下させ、虎化を抑制する薬を創り出せるのではないか。

月夜に虎化できるようになりたい琥珀に相応しいのは、本能をより強くし、高める薬だ。凛花が欲する薬を創る過程で、それを見つけられる可能性は高い。

毒は薬に、薬は毒にもなるのだから。

「ああ。オレは、黒虎でありながら月夜でも、闇夜でも虎化できる完全な人虎になりたい。そして王家の連中を見返してやりたい」

「よし！　なろう！　黒虎もなかなか美しい。悪くないよ。凛さまの願いを叶えるついでに、君の願いも叶えようじゃないか！　僕はね、凛さまの白虎姿をひと目でも拝めたなら満足することに決めたんだ！　あふ……っ!?」

碧の笑い声とほぼ同時に、琥珀がその口を掌で塞いだ。凛花は何事かと琥珀に視線を向けた。

するとと琥珀は「しっ」と指を口の前に立て、目線で外――斜め向かいの離れを示した。じっと耳を澄ませると、足音と話し声が聞こえてきた。

（待って。この声……晴嵐さまじゃない？）

急用だと、紫曄を呼びに来たのは雪嵐。迎えの馬車に乗っていたのは晴嵐だ。

その二人がいるということは、紫曄も一緒にいるのではないか？　凛花が顔を曇らせると、それを肯定するように琥珀が小さく頷いた。

どうやら月のない今夜は、凛花よりも琥珀のほうが虎としての能力が高いようだ。

（急用って、ここへ来ることが……？）

「おや。どんな急用なんでしょうねえ」

余計な一言を呟いた碧には睨みをくれて、凛花はそっと窓を開け、声のするほうを窺い見た。そこにいたのは紫曄と双嵐、それと美しい花輪の飾りをつけた妓女が一人。

後ろには少し幼い少女が二人いて、それぞれ茶器と菓子らしきものを持っている。

（妓楼で……お茶？）

こういう場所は酒ではないのか？　と凛花は想像するが、正解が分からないので何とも言えない。

（あっ）

妓女が紫曄に声を掛けた。凛花は少し迷い、しかし聴覚を研ぎ澄ませその声を拾う。

『離れの準備に時間が掛かりまして、申し訳ございません。主上』

『いや、こちらこそ急かせてしまった。すまない』

紫曄が彼女に柔らかく微笑みかける。

凛花は、紫曄が自分ではない女に、そんな風に微笑むところを初めて見た。

朱歌にはもっと、友人に向けるようなやんちゃ笑みを向けるし、霜珠とは挨拶くらいしか交わさない。麗麗や明明とは多少話すが、ほとんどが指示のようなもの。他の侍女や宮女たちとは、会話どころか目を合わせること自体が稀だ。皇帝と宮女の間には、大きな身分の隔たりがある。

（あ、そっか。ここは月華宮じゃない。ここは一時、身分を脱ぎ捨て息抜きをする場所……）

耳に届いた会話は何でもないものだ。だけど凛花の胸は、ざわざわ、じくじくと妙な痛みを訴えている。二人から目が離せない。

「あれは天人……最上級の妓女です」

「うわ～馴染みも最上級かあ。急用って、彼女に会いにきたんですかね？　凛さま」

ボソボソぽんぽん耳障りなことを言う男だ。これは一種の才能だな、と凛花は碧をギロリと睨めつける。

「そんなわけないでしょう」

わざわざ双嵐を使ってまで、急用だなんて仕立てて妓女に会いにくるとは思えない。たとえ馴染みの妓女がいたとしてもだ。

（もし彼女に会う夜を作るにしても、主上ならもっと上手いやり方をしてくれるはず）

凛花はそんなふうに思い、離れの中へ消えていく紫曄の背中を見つめた。

先導していた妓女が扉を開け、紫曄を中へ招く。可愛らしい妹妓女たちも後に続き、雪嵐、最後に晴嵐が周囲を見回し扉を閉めた。

「案内ご苦労様でした。今夜はゆっくり休んでください」

「まあ、雪嵐さま。わたくしの歌も琴も、お酒までお断りになったのに、お茶のお相手もさせていただけませんの？　ふふ。いつものことですけども」

「いつも無粋で申し訳ない。そのうち楽しませてくださいね」

「ふふふ。その日がくるのを楽しみにしておりますわ」

天人と呼ばれる位をいただく彼女が笑うと、花輪飾りの天星花がシャラシャラ音を奏でて揺れた。お茶の用意をしている妹妓女たちの髪飾りは、銀糸の刺繍が入った輝青絹だ。紫曄はそれらを見て、ふっと笑みを零す。

「主上ったら。今どなたを思い出しましたの？」

朔月妃さまでしょう？　と彼女は揺れる天星花の飾りに触れる。

「わたくし、主上にお会いすると分かっておりましたら、この飾りは選びませんでしたのよ？　寵姫さまの代わりを務められると思うほど、愚かじゃありませんもの」

「ああ、すまない。本当に天星花の花輪と輝青絹が流行っているのだなと思って、つい」

そうだ。それでつい、先ほども彼女に微笑みかけてしまった。

凛花が憧れの対象となり、認められていることが嬉しくて誇らしい。

神月殿に残してきた凛花にも、お前は月妃として敬われ、このように民に慕われているのだと見せてやりたくなる。

「星祭での朔月妃さまは、本当に素敵でしたわ。あれは演出ではなかったのでございましょう？　機転が利いて、度胸もあってお美しい。あのような方が望月妃となれば、月の光が届かぬ悪所も明るくなりましょう」

そう言い微笑むと、彼女は妹妓女たちに目配せをして、波打つ輝青絹の衣装をひるがえし退出していった。

今夜、三青楼の天人は紫曄の貸し切りだ。彼女たちは一つ奥の離れで、誰にも姿を見せず朝まで自由な夜を過ごす。突然降って湧いた有給休暇にもちろん文句はない。

「それで？　雪嵐。急用とは一体何があった」

「はい。非公式ではありますが、琥国から急使が訪れました」

「――琥国？」

先ほど神月殿で会った琥珀も琥国の者だった。かの国とはそれほど密な付き合いをしているわけではない。だというのに、同じ日にこうも『琥国』が絡むのは偶然か？

紫曄は眉をひそめる。

「用件は」

「これだ」

晴嵐が懐から書状を取り出し、ポイッと卓子に投げた。広げて見ればそこには、王太子の印が押されている。

「王太子？　王からではないのか。……は？　『小花園へお招きいただき』……？何のことだ」

紫曄は思い当たる節のない文言に眉を寄せ、雪嵐を見た。

「菫宦官長です。薬学を学んでいるという王太子に、小花園を見学したいと乞われたそうです。朔月妃さまが小花園の管理をはじめる前に依頼があり、お忍びでこの秋頃に……と話しを進めていたとか。白々しいですね」

　雪嵐は片眼鏡を直し、眉を歪めた。

　たしかに小花園を管理していたのは宦官だ。後宮は閉ざされた場所といっても、様々な業者や職人、日々の食材の運び入れなど、意外と人の出入りがある。それらの許可はいちいち皇帝まで上がってくることはない。

　だが、お忍びといっても他国の王太子が訪れるとなれば話は変わる。

「待て。その前に、なぜ他国の者が小花園の存在を知っているんだ」

　あの薬草園は、凛花が手を入れるまでほぼ忘れられていた。それに見学する価値のある、珍しい薬草があることも最近分かったばかりだ。それも極秘とし調査中。

「他国にいながら知るなど、ありえない」

　月華宮の内部には、一部察する者がいてもおかしくはないが。以前は宦官が管理をしていたし、弦月妃が秘かに利用していた事実がある。

「誰かにその有用性を聞いたか、小花園を口実に訪問したいだけなんじゃないか？　紫曄」

　周囲を警戒し、立ったままの晴嵐が言った。

「董か……」

　紫曄の脳裏にちらつくのは、やはり先ほど会ったばかりの琥国の男、琥珀の顔だ。

三年前からこの国に入り込み、後宮の凛花に外部から接触できる伝手となった、碧の協力者だ。紫曄は顔をしかめ、うんざりした気分で息を吐く。

「ですが、菫を使い、小花園を理由にするのは何故でしょう？　正式な筋を使うのは都合が悪いということでしょうか」

　雪嵐の言う通りだ。内密の話があるにしても、紫曄と反目している菫ではなく、既にある違う伝手を頼るのが自然。

「それに、俺は琥国の王太子に面識などないぞ？　なぜ急使など大袈裟なものが訪れる。しかも招待していない小花園などと言ってまで……」

　何かの手違いがあり、王太子から書状が届いた……というならまだ分かる。だが、急使だ。そんなもの、よっぽどでなければ送らない。突然押し掛ける無礼をはたらくのだから、それなりの大事でなければ互いに利がないのだ。

「こちらの対応ですが、ひとまず急使は客室に通し、菫を呼び話を聞きました。菫は『琥国の王太子はきっと早合点をしたのだろう』『小花園を管理をしている宦官の長に要望を伝え、秋頃にと言ったのだから、確かな返事がなくとも承知されたと思ったのでしょう』……と」

　雪嵐の報告に、紫曄は表情を曇らせていく。そんな軽率な王太子がこの世にいるか？　と言いたい。

「菫にしては杜撰すぎないか？　どうなってるんだ」

「私も同意見です。それと、王太子からの要望が一つ。訪問のついでに月祭へ出席したいと」

「紫曄。いよいよ月祭で望月妃が発表されるんじゃないかって、月華宮内で噂になっているのは知っているだろ？　俺でさえ知ってるんだ。もちろん菫も知ってるよな」

「月祭か……」

　紫曄は難しい顔で呟く。月祭は皇帝が行う祭祀だ。皇帝とは、月の女神から土地を頂戴した者。その皇帝が捧げる祈りには、女神への報告という側面もある。

　従って、月祭で何かを発表する、もしくは何かを示唆するだけでも意味は大きい。月の女神に報告した、ということになるからだ。

「他国の王太子を月祭に招けば、どのような意味に取られるか……」

　今回の月祭は、星祭でその素質を見せつけた、寵姫・朔月妃に注目が集まっている。いよいよ望月妃になるのでは目されているが、後宮の均衡と凜花自身の問題により、まだ望月妃には就けない。

　だからこそ紫曄は、ここではっきり己の意思――いずれ望月妃になるのは朔月妃だと示すために、弦月妃の謹慎を解いていないのだ。

「皇后・望月妃になるのは朔月妃。弦月妃はない……と示す場なのに、そこに琥国の王太子がいたらなあ」

「意味はおのずと……ですね。王太子と菫も、そんなことは百も承知でしょう」

想像されるのは、琥国からの後宮入りだ。

他国出身の者が月妃になることは、これまでにもあった普通のことだ。

だが、それが示唆される場に他国の王太子が出席すれば、そこに更なる意味が加わってしまう。次代の王である王太子が顔を出すほどなのだ。後宮に入るのは、王族の姫だと示しているに等しい。王族を月妃に迎えるなら、その位は高いものになることが多い。お互いに利益があるから月妃になるのだ。相手国の価値が、そのままその姫の価値となり位が決められる。

それが月の女神を信奉する国々の中で、一番古く、敬われている琥国の姫となれば、用意するべき位はおのずと決まるもの。

「——わざわざ小花園の話を出したのは、望月妃の位は空けておけという牽制（けんせい）か」

神託の妃といえども、ただの州候（しゅうこう）の娘である凛花が、琥国の姫を差し置き望月妃になるのは難しい。世継ぎでも産めば立場は変わってくるが、今の凛花にそれを求めるのは、心を踏みにじることだ。紫曄はしたくない。

「はい。私もそのように思います。今回の急使は、『高位の月妃の座を用意しろ』と我が国に強く迫るものではないかと……」

「本当に紫曄がいなくて助かった。会ってしまえば、何かしら返答をするしかねえからな」

しんと沈黙が落ち、雪嵐は冷めてしまった茶を淹れ替えはじめた。

金桂花茶の華やかな香りは、気分を切り替えるのに丁度いい。

「……神月殿に行っていて助かったか」

紫曄は熱い茶で喉を潤し、これまでに聞いた情報を頭の中で整理する。ひとまず会わずに済んだ使者は、まだ待たせたままだ。遅くとも明日の夕刻までには、何らかの返答を用意しなければならない。

「琥国は我が国よりも格上。無礼であっても、それなりの返答をしなければなりません。それに、こちらには借りがありますしね」

雪嵐は苦笑というには苦すぎる顔をして、もう一通、紫曄に書状を差し出した。最初から出せばいいのにと思ったが、宛名の文字を見て紫曄は天を仰ぎ見た。苦笑の意味が嫌でも分かる。

「父上か……」

その美しく雅やかな文字は、確かに三年前、己が退位させた先代皇帝の文字だ。先代皇帝は現在、身分を剥奪（はくだつ）され琥国で生きている。

書状を開けば、ふわりと爽やかな匂いが香った。自分を追いやった息子にまでこんな気遣いを見せるのかと、紫曄は相変わらずだと安心したような、呆れるような複雑な気持ちになる。父が変わらずのんきに暮らしているということは、皇帝であった頃と変わらない暮らしができている証だ。

（あの人は、琥国でも寵姫と共にぬるま湯のような生活を送っているのか）

紫曄の母であり、当時の望月妃は既に亡くなっている。その後、男児を産んだ妃が望月妃になったが、生まれた男児は夭折し、母后も後を追うように天へ昇った。

その後、先代皇帝の望月妃は何人も変わっている。今も傍にいる最後の望月妃——名はたしか雛妃。彼女が琥国の王室に縁のある者だったので、父親は琥国で隠居生活を送ることになったのだ。

「居心地がよさそうで何よりだ……」

父親は反面教師にしかならなかった。紫曄は深く息を吸い、あらためて書状を開いた。

「本当に相変わらずだ。どうにも時が合いすぎていると思ったが、こういうことか」

口から溜息が漏れた。雪嵐が茶を淹れ替えたのは、せめて香りで心を落ち着けろという気遣いだったかと思う。書状を読んだ今、辛うじてあった肉親の情も消えそうだ。

頭が痛いとしか言えない、苦く重い気持ちが紫曄にのし掛かる。

「紫曄。俺たちはその文は読んでない。何が書いてあったんだ？」

「聞いてもいいのなら、内容を教えてください。紫曄」

紫曄は「読んでいいぞ」と双子に書状を渡した。その内容は、このようなものだ。

〝琥国の王太子殿下の件を耳にした。いい機会なので息子に便りを送りたいと思う。あの『神託の妃』を寵姫とし、仲睦まじく過ごしていると聞いた。やはり私が娶らず退位してよかった〟

〝実は三年前、琥国に着いた直後から、雛妃が『神託の妃』について心を傷めていたのだ。私が『神託の妃』を娶り、望月妃に据えていたら退位はまだ先だったのではと。自分が望月妃でいたせいで琥国に逃げることになり申し訳ないと泣かれ、つい神託の文言と『神託の妃』は雲蛍州の姫だと話した。『神託の妃』といえども、身分は琥国の王族の姫よりは劣る。跳ねっ返りと評判の田舎姫を望月妃にする選択はそもそもなかったと伝えた〟

「待ってください、三年前に話したと……？　この神託の詳細は、一部の者にしか知らされていないというのに」

「まあ、あの方の性格を考えれば、雛妃を持ち上げ、朔月妃を下げるために必要なら、極秘の神託くらい話すだろうよ……」

双嵐は思わずそんな言葉を零す。己が紫曄に生かしてもらった身である自覚がないのか、能天気に父としての言葉が綴られ、続いている。

〝王太子殿下は少々強引なところもある。迷惑に感じるかもしれないが、紫曄には妃が少ないと聞いている。琥国の姫はお美しい方だ。きっと気に入るだろう。望月妃と仲良く暮らすことを願っている〟

「少々どころか、急使を出すくらい強引で頭の切れる王太子だよなあ。どんな男なんだか」

「本当です。琥国の姫を気に入るだろうじゃないですよ……。いいえ、あの方はそういう方でしたね」

双嵐は揃って溜息を吐いた。

先代皇帝は、人柄は悪くないが絶望的に皇帝に向いていなかった。自分に優しい者には同じ優しさを返すが、自分に厳しい者は冷たいと言い遠ざける。来るもの拒まずで後宮は膨れ上がり、正しい政務がなされなくなった。

その結果、追放となったのに何も変わっていない。

「閉ざされている琥国なら、何も余計なことはできないと思っていたが……甘かった。俺が甘すぎた」

やはり処分するべきだったのだ。

琥国の起源は古く、月の女神が最初にその僕(しもべ)を降ろしたといわれている国。

『女神のいちの僕』という矜持(きょうじ)から、古くからの国の在り方を守り、国土拡大のための戦も決してしない。だというのに一度も国を侵されたこともない。それに周辺国と国交は結んでいるが限定的で、外国人はなかなか出入りできない。

琥国は秘密主義で神秘的。そして歴史ある国として、月の女神を信奉する国々から敬われている、ないがしろにはできない国だ。

「なぜ今更、こんな便りを寄こしたのかと思ったが……」

（いや。琥国としては、もう何も隠す必要がないからこの書状を出すことを許したのだろうな）

琥国。『神託の妃』に憂いた琥国出身の元望月妃。そして琥国の王太子。

「これだけ揃えば、あの男のことも、やはりと思わざるを得ないな……」

「……紫曄。もしかして、まだ何かありますか？」

「神月殿で何かあったな？」

紫曄は頷く。

「神月殿の碧のところに、琥珀という名の琥国出身の男がいる。三年前から皇都で働いているそうだ。多分、三青楼で楽師をしている」

「琥珀？　琥珀といえば、琥国の王太子に付けられる名ではありませんか！」

「しかも三年前からだと？　先代もほんっとにやってくれたなぁ」

珍しく雪嵐が声を荒げ、晴嵐がチッと舌打ちをする。

「まだ本物の琥珀かは分からんが、そう名乗ってはいた」

彼は一体、どれだけの情報を琥国に流しているのか。

（凛花の秘密まで流していなければいいが……）

琥国が人虎の存在を信じるか、信じないかは分からない。真偽は別として、朔月妃・凛花が何か企てていると危険視され、姫を入れようとしている後宮から排除されるようなことがあってはならない。

（注意しなければいけないな。となると、やはり琥国の王太子『琥珀』の狙いは後宮か？　まさか凛花ではないと思うが……）

「しかし、琥国が自国の姫を望月妃にしたい目的とは何でしょう？」

「……実は狙いは小花園だったり？　ただの薬草園だったよなあ」

晴嵐の言う通りだ。凛花と小花園の秘密を知らなければ、あそこは変わった成り立ちの薬草園でしかない。

「ああ。小花園については……まだ話せないことがあるが、琥国が欲しがる理由があるとは俺にも思えない」

琥国は薬学に通じているが、小花園で一番価値のある『隠し庭』にある薬草を必要とする理由がない。あれは『輝月宮の書』『神月殿の書』それとおそらく『望月宮の書』に記されている、人虎のための薬草園だ。

「目的は分からないが、自国の姫を後宮に入れ、望月妃にしようとしていると考えるのが自然か……」

ご丁寧に先代皇帝の書状で、〝『神託の妃』といえども、身分は琥国の王族の姫よりは劣る〟と父親からの言葉を借りて示し、〝望月妃と仲良く暮らすことを願っている〟とも伝える周到さまで見せている。

琥国にいる先代皇帝の父が、紫曄の目が届かないところで何を喋らされるか、どんな余計なことをしでかすか知れたものではない。

考えれば考えるほど、想像すればするほど、重苦しいものが紫曄の中に積もっていく。

（また眠れなくなりそうだ）

はぁ……。せめて少しでも軽くしたいと、無意識のうちに溜息が出た。

それに分からないことはまだある。神月殿の『琥珀』が、急使を寄こした王太子本人だとしたら何を企んでいるのか。あの男はどのような人物なのか。

「何が目的だ？　琥国の王太子の腹が読めん」

紫曄は低い声で呟いた。

第四章　虎猫姫と名と宿命

凛花は少し開けた窓に貼り付きじっと耳を澄ませていた。紫曄たちが入っていった、隣接する離れの会話を聞くためだ。

人の耳では聞こえるはずのない距離でも、虎の耳なら聞こえる。盗み聞きをする罪悪感はあるが、紫曄とあの美しい妓女はどんな様子なのか、気になって仕方がなかったのだ。

(妓女が退出していった……？　いつも無粋ですまないって……いつもこうなの？)

紫曄がここを訪れた目的は、どうやら側近たちと内密の話をするためだったようだ。そして聞こえてきたのは『琥国』の言葉。同じく隣で聞き耳を立てている琥珀が動揺する気配がした。

内密の話というのは琥国から急使が訪れたことだったらしい。目を閉じ、耳に意識を集中させる。すると凛花にも、驚き動揺する事実が聞こえてしまった。

(前の皇帝陛下は、生きておいでなの……!?)

紫曄は冷徹な皇帝と呼ばれていた。自ら退位させた先代皇帝だけではなく、新皇帝である紫曄の邪魔になりそうな官吏、後宮の月妃と公主、宦官、侍女。ことごとくを『月宮殿送りにした』と、処分されたと言われているせいだ。

「……先代皇帝の最後の望月妃は、琥国の王室に縁のある女だ」

琥珀が小さな声でそう教えてくれた。

ああ。だから先代の皇帝は琥国にいるのか。ならば先代の望月妃も一緒だろう。凛花は胸が震える思いがした。

（皇帝としては甘いけど、やっぱり……主上は優しい。新皇帝として、生かしておいては障害になる。禍根を残すと分かっていても、実の父親の命を奪うことはできなかったんだ）

先代皇帝とその望月妃が琥国で生きているのなら、他の妃や公主たちもどこかで生きている可能性が高い。皇帝として背負うものの大きさ、重さを考えれば、彼女たちの件は誤差程度かもしれない。

それでも、眠れなくなる程にのし掛かる紫曄の重荷が、少しでも軽くなったならそれでいい。彼らを生かす選択を許容し、その協力をしただろう側近たちにも感謝をしたい。凛花はそう思う。

（それにしても、愛妃に話した内容が琥国の王にまで伝わってしまうなんて……。その妃は本当に先代皇帝を愛しているの？）

それが彼女なりの寄り添い方なのか、琥国で生きていくために必要なことなのか。真実は分からないが、皇宮も王宮も一筋縄では生きていけない場所なのだなと、凛花はまた一つ心に刻んだ。そんなことを思う間にも、紫曄たちの会話は続いていく。

『神月殿の碧のところに、琥珀という名の琥国出身の男がいる。三年前から皇都で働いているそうだ。多分、三青楼で楽師をしている』

(ああ、これだけ琥国の話が出れば気になって当然よね)

『琥珀？　琥珀といえば、琥国の王太子に付けられる名ではありませんか！』

えっ、と思うと同時に凛花は隣を見た。

「琥珀殿……あなた、琥国の王太子だったの⁉」

「王太子っ⁉」

大人しくしていた碧が大きな声を上げた。人虎ではない碧には、ここまで一切何も聞こえていなかった。そこに聞こえた、思いもよらぬ『王太子』だ。理解はできる。

思わず出た声に、碧は顔を青くして口を覆うがもう遅い。僅かに開けられていた窓から、その声はあちらに届いていた。

向かいの離れから晴嵐が飛び出してきて、窓を開けた雪嵐の手から何かが放たれた。もちろん標的は声の主だ。凛花は咄嗟に窓を閉める。

「凛！」

琥珀が凛花を乱暴に抱え込み、碧も巻き込んで床に倒れ込んだ。

それと同時に、『ドッ』と窓に何かが刺さる音がして、間髪入れずに『バキッ』と続き、僅かに閉まり切っていなかった窓枠を破った。

そして、小刀というには大きい剣が、ドンッ！　と床に突き刺さった。

「うわ……」

抱き込まれた琥珀の腕から見えたその場所は、ちょうど凛花がいた場所だった。あのまま窓を閉め、その場にうずくまっていたら確実に剣が刺さっていた。

（雪嵐さまって文官でしょう⁉　弓も凄いと思ったけど、この距離でこんなに正確に剣を投げれるもの……⁉）

「ちっ。間に合わないな」

琥珀が呟き、面倒くさそうな顔でひとまず凛花を放した。凛花も同意の溜息を吐く。

二人の虎耳には、足音がすぐそこに迫ってきているのが聞こえていた。

バン！　と扉が無言で蹴破られ、抜身の剣を向けられた。

「朔月妃……さま⁉　はぁ⁉」

乗り込んできた晴嵐は、予想外すぎるだろ……と言って剣を収めた。しばらくして、雪嵐と共に紫曄が姿を見せた。晴嵐の声が聞こえたのだろう。

「何故ここにいる。凛花」

紫曄は床に座り込んだままの凛花たち三人を、険しい顔で見下ろした。威圧感ただよう紫曄の様子は、まるで凛花が最初に出会った夜のようだ。

「あの、主上……！」

「凛花はこちらへ。そこの二人には聞きたいことがある」

紫曄は自分の側へ来るようにと、凛花に手を差し出した。有無を言わせぬその響きに、凛花は大人しく従う。ちらり窺うと、お喋りな碧もさすがに黙って平伏しているが、琥珀は胡坐（あぐら）を掻き紫曄を見上げていた。

「碧。お前には凛花を送るようにと申し付けたはずだが？　それから琥珀。我が妃に随分と馴れ馴れしくしていたな」

声に怒りが滲んでいる。左右に控えている雪嵐と晴嵐も、ぞくりと背が粟立つような気配を隠していない。彼らが緊張感をはらむのも当然だ。凛花は琥珀に抱え込まれた姿を見せていないが、それでも肩が触れ合う距離にいた。

そして紫曄たちが話していたことは、琥国からの急使と、先代皇帝が存命であること。月魄国のごく一部の人間しか知ってはいけない内容だ。

この状況は、月妃の密会にも見えるし、盗み聞きをする間諜（かんちょう）にも見える。

「お前たちは何故ここにいるのか。何をしていたのか。どういう理由で凛花をここに連れてきたのか」

「あの、主上……！」

凛花は紫曄の袖を引く。碧を罰するのは簡単だが、琥珀の扱いは微妙なはずだ。だからこそ、双嵐の二人もこんなに緊張した顔を見せているのだと凛花は思う。

「――凛花。それはどうした」

「え？」

袖から覗く凛花の手首が赤くなっていた。それが強く掴まれた手の跡だと気が付いた紫曄は、ぎろりと琥珀に視線を向けた。

「琥珀、お前がやったのか？」

「待って、違います！　彼は助けてくれただけです！」

「助けられた？　誰からだ。碧か？」

思わぬ濡れ衣に、碧は「違いますよ⁉」と声を上げる。

「では誰だ。何があった、凛花！」

（いや、もうややこしい！　全部を話すのはあと！）

凛花はちらりと双嵐を見やり、紫曄の耳元でこそっと言った。「主上。今、とても面倒なことが起きていますね？　お話が聞こえてしまいました」と。

雪嵐と晴嵐の洞察力は侮れない。絶対に勘も優れている。だから虎化という荒唐無稽なことであっても、二人が勘付く可能性は皆無ではないと凛花は思っている。だから耳打ちだ。二人には聞こえないように、紫曄にだけ分かるように伝えればいい。

離れの建物は隣り合っているが、普通は声が聞こえる距離ではない。

だけど凜花には聞こえたのだと告げれば、紫曄は一瞬怪訝な顔をし、凜花の持つ虎の性質を思い出してなるほどと呟く。

そして凜花は、琥珀に目配せし、耳に触れて首を傾げる仕草をした。琥珀には、先ほど紫曄に耳打ちした内容が聞こえているはずだ。琥珀が鷹揚に頷いたのを確認して、凜花はもう一言、紫曄の耳に告げた。

「主上。琥珀殿はとても耳がいいんです。私と同じです」

紫曄は大きく目を見開くと琥珀を見つめ、側近の二人に言った。

「雪嵐、晴嵐。一旦席を外してくれ」

「できません。碧殿とその男は現段階では信用なりません」

「できない。何言ってるんだ」

拒否して当然だ。紫曄のほうが無茶を言っている。

「琥珀。俺や凜花を害するつもりはないな？」

「ない。オレは見ての通り丸腰だ」

両手をひらひらと振って見せる。対する紫曄は、腰に剣が下げられている。紫曄が自分の身を守ることは可能だ。

だがそれは、凜花という足手まといがいない場合に限ってのこと。雪嵐と晴嵐は顔を見合わせ一呼吸し、そもそも凜花に危険性があるなら、紫曄が自分たちを外すわけがないかと頷き合う。

「分かりました。その琥珀殿に聞いてほしいこともありますしね。少しですよ？」

「まあ、みっともない修羅場を見られるのも嫌だよな、うん。少しだけ外してやるよ」

双子はそれぞれの言葉を残し、雪嵐は投げた剣を回収し、晴嵐は碧を引きずりこの場を後にした。

◆

これでやっと秘密を気にせず話ができる。凜花はふぅ息を吐いた。

「主上。まずは、私を信じてくださってありがとうございます」

「当たり前だ」

信じないわけがないと、ムッとした顔でそう言うが、紫曄がここへ踏み込んだ時の状況は、『後宮を抜け出した妃が、男たちと密会をしていた』だ。

しかし紫曄は、碧や琥珀に対しては疑いを持ったようだったが、凜花のことは一切疑っていなかった。何も聞かず、『凜花はこちらへ』と言ってくれた紫曄の言葉が凜花は嬉しかった。

（でも主上は、後で雪嵐さまあたりから「寵姫に対して盲目すぎる」と苦言を貰ってしまいそうだけど）

紫曄には申し訳ないが、それも分かる。凜花は人けのない離れで、男たちと肩を寄せ合うようにしていた。後宮妃は無許可で外にいるだけでも罪。その危険を犯した上で、あの状況だ。悪い遊びの最中にしか見えない。

「それで？　お前の手首にこんな痕を付けた張本人はどこだ」

「庭で伸びていたので回収されたと思います。……その、琥珀殿が黒虎の姿で駆けつけてくれたんです。あと碧も、敵いませんでしたけど、身を挺して私を庇ってくれました」

「お前を連れ出したことを責めるなと言うのか？」

「いいえ。まあ、ほどほどに叱ってください。実際、困りましたし……」

だけど『小隠し庭』で収穫もあったし、碧を見直したし、頼りにはならなくても、ある程度は信頼してもいいと知れた。悪いことばかりではない。

「では後日、碧には朱歌とその侍女たちの接待でも申し付けるか」

少し可哀想だが、自業自得だ。

「さて。琥珀……と呼び捨てにしていいのかも聞きたいが、本当に虎なのか？」

琥珀は頷き、凛花は自分が琥珀から聞いた全てを話した。

月のない夜に変化する黒虎の体質。琥王から命令を受け月魄国へ来たこと、琥国での黒虎の扱い。白虎の価値。

そして琥珀は、月夜にも虎化できるようになる薬を求めていること。

「はぁ……。そういうことか。ひとまず事情は分かったが、琥珀。あなたは琥国の王太子なのか？」

「今は違う。あなたが知っていた通り、『琥珀』は王太子に付けられる名だ。しかしオレは身分を剥奪され、今は王族ですらない。琥国では、黒虎を意味する名で呼ばれていた」

琥珀は淡々と語るが、身分を剥奪されるなんて余程のこと。それこそ月魄国の先代皇帝は、死の代わりに身分を剥奪された。琥珀はそれと同じ経験をしここにいるのだ。

「琥珀殿。身分を剥奪されたというのは、黒虎だからなの……？」

「そうだ」

「待て。では何故、忌み嫌われる黒虎が王太子になったんだ？」

後で剥奪するのなら、王太子の位も、名も与えなければよかっただけのこと。

「ああ。生まれた時に、この琥珀色の瞳で『琥珀』と判断されたらしい」

どういうことだ？　と紫曄と凛花は首を傾げる。

「琥国の王太子、『琥珀』とは『金虎』に変化する者のことだ。だから琥珀がいない時代もある。まあ、二、三代ごとに生まれているらしいが」

　琥国にはそんなに沢山の人虎が、当たり前のように存在してたのか……！　凛花は驚きで胸を震わせた。そのような国なら、『琥国の王は人虎について全てを知っている』と言った、琥珀の言葉にも説得力がある。

「この瞳の色は人虎特有のもの。黒虎など滅多に生まれるものではないから、金虎だと勘違いされたらしい。……オレが初めて黒虎に変化した日は、皮肉にも新しい『琥珀』が産まれた日だった。幼かったが、大騒ぎになった王宮を覚えている」

　琥珀はとても寂しげに笑って言った。あまり話したいことではないことが窺われる。『琥珀』の王太子だと祝福されたところから、手のひらを返されたのだ。きっと琥珀の置かれた環境はぐるりと変わった。それに加え『黒虎』だと蔑まれ、自分を否定される辛さは察するに余りある。

「なるほど。今の王太子は琥珀殿の兄弟か」

「そうだな。……ところで、殿はいらない。オレも皇帝に対して無礼な口を利いている。差し引きで相殺してくれ」

「ははっ、たしかにそうだな。そなたは他国の者。俺の臣下でもなんでもないし、賓客でもない。凛花の協力者ではあるか？」

　琥珀は頷く。心の中でどう思っているかまでは察せられないが、いま琥珀が重要な情報源であることは確かだ。琥国の急使に対する皇帝・紫曄にとっても、人虎のことをもっと知りたい凛花にとってもだ。

「しかし、『月のない暗い夜にしか変化できない黒虎は、不完全で不吉と忌み嫌われる』か……。分からないでもないな」

　紫曄の言う通り、凛花にも理屈は理解できる。

　月魄国と琥国は、同じ月の女神を信奉する国だ。黒虎は、輝く月光の下で力を失くし、月が隠れた隙に変化する。女神の庇護を得ることができない背く者、不吉な者と言われても仕方がない。

「月魄国でも同じだと思うが、月は王を象徴するもの。琥国では、月から与えられるはずの虎化の力を、月がない夜にだけ持つ黒虎は簒奪者だと言われている。月の力を掠め取る黒虎は、王の力を奪う。王家を滅ぼす不吉な者だと」

　そこまでかと、紫曄と凛花は絶句した。古い国であり、人虎を尊ぶ国だからこその価値観なのだろうが……

（黒虎なのは琥珀殿のせいではないのに……ひどい。琥珀殿が見返してやりたいと思うのも分かる。黒虎はただ蔑まれているだけじゃない。危険視され、迫害されているんだ……）

「と言っても、オレは歴代の黒虎よりも運がいい。一度は神聖な『琥珀』の名を付けられた。そんな者を処分すれば、月の女神の怒りを買い罰が当たるのでは？　と月官が助命を願ってくれたらしい。それに、この国に来て白虎に出会えた」

琥珀は凛花を見つめ、柔らかな笑顔を浮かべる。が、紫曄は愛しさを隠さないその視線が気に入らない。

「琥珀。凛花を白虎と混同するな。凛花は凛花だ」

「混同？　オレが黒虎であることと同じく、凛殿が白虎であるのも真実だ」

「その呼び方もやめろ」

「凛殿から許された呼び名だが？　あなたはオレの王ではない。命令は聞けないな」

「——二人ともその辺で！　私の呼び方なんてどうでもいいんです！」

本来は、琥珀のほうが凛花よりも尊い身分だ。それに琥珀は礼を失してはいない。凛花がここではそう呼んでほしいと言ったのだから。

それよりも、凛花には、琥珀にはっきりと聞きたいことがあった。

「琥珀殿。どうして琥国では、白虎は特別に尊ばれているの？」

「月の女神の寵児だからだそうだ。月の女神が手ずから育てたと言われている銀桂花も、琥国では大切にされているが……。月魄国では見掛けもしないな」

琥珀はがっかりしたような、呆れたような声で言う。

「琥国はこの季節、凛とした銀桂花の涼やかな香りで溢れている」

「銀桂花……」

まただ。星祭の祝い歌と同じく、古くから変わらない琥国が受け継いでいるものを、雲蛍州も何故か受け継いでいる。

どうして？　と凛花はその答えを求め、琥珀の声に耳を傾ける。

「月魄国は、皇帝でさえ全て忘れてしまっているようだな」

「……どういうことだ」

何を忘れているというのか。

月魄国もそれなりに歴史の長い国だ。それに今は大国。古から続く琥国の王族であっても、侮るような言葉は心外だと、紫曄は琥珀の金眼を見つめ返す。

「輝月宮には、皇帝だけが見ることのできる書があると聞いた。そこに何か、気になる記述や絵図はなかったか」

――絵図。凛花と紫曄は顔を見合わせた。

『輝月宮の書』にあったのは、細密に描かれた小花園の絵図と――白虎の絵だ。

「白虎が描かれていただろう」

「何故……」

紫曄にとっては突拍子もない『白虎』であったというのに、どうして琥珀は言い当てることができるのだ。皇帝を象徴する月なら分かる。表紙には月の意匠が描かれていたし、色も紫色で、いかにも皇帝だけが閲覧できる書という様相だった。

しかし、本文に描かれていたのは白虎。文章は添えられていなかったが、月を背にし、月光を浴びる白虎。星の河を渡る白虎。そんな、伝承を元にしたような白虎の絵が、何頁にも渡って描かれていた。

「そこに白虎を描いたのは、おそらく初代皇帝だ。月魄国皇家の家名は『胡』で、琥国王家は『琥』。字は違うが、音は重なる。そして――」

琥珀は凛花の青い瞳を見つめる。

「――白虎である凛殿、雲蛍州旧王族の家名は『虞』。琥国と同じく『虎』の字の一部を持つ名だ。我々三家は、元は同族。琥家から別れた同じ白虎の一族だ」

その言葉に、凛花の中でパリン！　と何かが弾けたような気がした。

ずっと疑問だったのだ。どうして雲蛍州には人虎の伝承が多く、実際に白虎が生まれるのか。どうして自分はこんな体質を持ってしまったのか、白虎の血はどこから来たのか。ずっと不思議に思っていた謎が一つが分かってしまった。この虎の血は、琥国から来たものだったのか。

(琥珀殿の言っていることは嘘ではないと、私の中の血が言っている気がする)

それこそ本能が肯定しているのかもしれない。黒虎の彼は同族だ。嘘は言っていないと、凛花の中の古い古い白虎の血が嗅ぎ取り、教えてくれている。

（望んだわけでもない虎化の体質を疎んじたけど……、でも、白虎になってしまえば私はその姿が誇らしかった。夜を駆けることが楽しかった）

凛花は震える胸を抑えきれず、紫曄の手をぎゅっと握った。すると紫曄も手を握り返す。――が、その顔は、凛花とは違う戸惑いに揺れていた。

胡家も人虎の一族だと言われても呑み込めない。信じられないのは当然だ。

「琥王家から別れた一族だなど、聞いたこともない。それに今まで琥国は、そんな話をしたことは一度もないではないか。信じられん」

元は同族だと、親近感を持たせるようなことを言う目的は何だ。凛花の手を握り締め、紫曄は警戒心を露わに言う。

「それに『輝月宮の書』に描かれた白虎も、たまたま選ばれた可能性もある。月夜に変化する人虎の伝承は、雲蛍州に限らず残っているものだ」

凛花は思った。紫曄は戸惑っていると。

『輝月宮の書』を見る限り、胡家が白虎に縁深いことは間違いなさそうだと感じているだろう。だが証拠がない。皇帝という立場を背負っている紫曄は、証拠のない琥珀の言葉や、それを言う琥珀を簡単に信じることはできない。

琥珀は少し考える素振りを見せ、ふぅ……と一つ溜息を吐く。

「信じられないのも、警戒するのも無理はない。言っておくがオレは、琥王や琥国の狙いには関与していない。元は同族だと教えてやれとも言われてはいない」

「では、何故いま教えた」

「凛殿に、仲間がいると伝えたかっただけだ。琥家と虞家が同族だと教える過程に、たまたま月魄国の皇家である胡家が間に挟まっていた」

たまたまと言われた紫曄はムッとしたのか、唇が真一文字になっている。

(仲間……。同じ虎に出会えて嬉しかったし、黒虎である琥珀が迫害されていると聞いて胸が痛んだ)

そうだ。凛花の胸が震えたのは、自身の『虎』がどこから来たのか、謎の答えが分かったから……それだけではない。

琥珀という人虎の仲間がいる。何もかも謎だった、虎の体質について知っている人たちがいる。それから単純に、世界にひとりぼっちだと思っていた白虎にも仲間がいて、人虎が受け入れられている場所があると知れて——嬉しかったのだ。

「琥珀。琥家と胡家が同族という証拠はあるのか」

「オレが虎で、凛殿も虎では、証拠にはならない……か？」

首を捻り、いや、ならないな。と琥珀は独りごちる。

（証拠か……）

凛花はふと思った。雲蛍州の虞家が、皇家である胡家から別れた一族だというが、その繋がりにも証拠はない。

（でも、雲蛍州が近年まで小国として残っていられたのは、虞家と胡家に古い繋がりがあったからなら……納得できる気がする）

凛花はなかなか信じられず、呑み込めない様子の紫曄をそっと見上げた。

雲蛍州は拡大を続けていた月魄国に、最後に併合された国だ。特に大きな財力も、兵力も持たない片田舎の小国が、どうして強大な隣国相手に呑み込まれず残っていられたのか。考えれば考えるほど、元同族の情でしかない気がするのだ。

「……ああ、そうだ。皇帝殿。『輝月宮の書』に描かれた白虎が、たまたま選ばれた絵でないことを見せよう」

何かを思い付いた様子の琥珀は、そう言うと、唐突に自身の衣装に手を掛け脱ぎ始めた。

「えっ、ちょっと、琥珀殿⁉」

「まてまて、どうして急に脱ぎ出す……！」

見てもいいものかと慌てる凛花を、紫曄が手を引きその背に隠す。

「繋がりがあるという証拠になりそうなものを見せる」

大人しく見ていろと言い、琥珀はするすると上半身の衣装を脱いでいく。よく鍛えられた上半身が露わになると、琥珀はくるりと後ろを向き、凛花と紫曄に背を見せた。

「皇帝殿。この絵柄に見覚えは？」

褐色の背中に刻まれていたのは、月を背にした黒い虎の刺青だった。

琥珀は背中の黒虎がよく見えるよう、垂らした長い三つ編みをピンと払い除ける。

「虎……！」

紫曄の肩から覗き見た、そこに彫られたしなやかな体躯は、凛花が見た黒虎の琥珀そのもの。

だがこれは本当に黒虎なのだろうか？　月に照らされている輪郭から向かって内側、半分ほどは黒い毛並みだが、中央は縞模様のみがくっきりと描かれている。

（逆光になった白虎にも見える……？）

凛花が紫曄と共に見た『輝月宮の書』に描かれていたのは、同じ構図の白虎だった。

それに琥珀の背にあるものが黒虎ならば、月は黒い新月か、雲に隠れた姿でなくてはおかしい。黒虎は、月の光の下では虎化できないのだから。

「どうだ。『輝月宮の書』にあったのはこの絵柄ではないか？」

「……」

紫曄は答えない。しかし沈黙は肯定だなと、琥珀は頷き衣を直す。

「それは、どういう彫り物なんだ。何故そんなものを彫っている」

気遣うような表情で、紫曄は歯切れ悪く琥珀に訊ねた。月魄国に刺青を入れる習慣はなく、紫曄も実際に見たのはこれが初めてだ。あの虎は、顔料を付けた針を肌に刺して描かれたもの。意味もなく、覚悟もなく彫るような気軽なものではない。

「ああ。この国では罪人に入墨を入れるのだったな。この虎はそういうものではない。琥国でも限られた者しか彫らないが、これは月の力を借りる、頂戴する器になる。そんな意味のものだ」

躍動感、瞳の力強さ、毛並みと縞模様の美しさ。これほど見事な虎はなかなかない。罪人に彫るようなものでないのは一目瞭然だが、何か罪の証として彫られたのではないか。黒虎だからと無理矢理に彫られたのではないかと、凛花と紫曄はそんな懸念を抱いたのだ。

(よかった……琥珀殿の顔を見れば、無理矢理入れられたものじゃないのは分かる)

琥珀は微笑みを浮かべている。背中の虎に愛着があるようだ。

「この絵柄は、代々『琥珀』に刻まれてきたものらしい。王太子は金虎を背負っているが……俺はこの通り、半分だけ白虎の黒虎だ。……琥珀の名も、身分も失った黒虎を哀れに思ったのだろうな。彫師がこっそり入れてくれたんだ」

半分白虎なのは、月夜にも虎化できるようになりたい琥珀の願望か、その願いが叶うようにとの願掛けか。

「黒虎の背など誰も見ない。出来損ないの黒虎は、生涯一人で過ごすと決められているからな」

淋しそうな琥珀の金眼が、手の届かないものを見るように、その目に凜花を映す。凜花はその視線に居心地悪さを感じ、そっと目を逸らす。自分が白虎であることを、こんなにも思い知らされたことはない。

琥珀の目は、琥王の『白虎を連れてこい』という聞く気のない命令とは無関係に、凜花を――白虎を欲していると言っている。あの背中を見てしまえば、その執着は碧以上かもしれないと思う程だ。

「琥珀。お前の言葉を信じよう。だが凜花は渡さんぞ」

「オレに無理やり彼女をどうこうする気はない。凜殿にも言ったが、その気があったらとっくにやっている。――琥国の王がどう考えているかは知らないがな」

注意しろ。琥珀は紫曄にそう言っているのだ。琥国の琥家から別れたのが、白虎の血脈を持つ胡家。そして、そこから更に別れたのが、凜花の虞家。

「琥王は、白虎の血脈を琥国に戻す気だ。琥国からの急使もその一手だと思う」

血脈を戻す？　それってどういう意味なの。凜花は胸騒ぎを感じる。

（月の女神の僕は『白虎』。琥国は、逃がしてしまった白虎のことをずっと悔やみ、恨み……取り戻そうとしている……？）

凛花はゾッと、背筋に冷たいものを感じた。琥国は本気で自分を手に入れようとしているのか。この胸騒ぎは、己の中にいる白虎の震えではないか？

――とうとう見つかってしまった。逃げなければ。琥国の王に捕まったら最後、もう二度と外には出られない。そんな、自由に夜を駆ける日々が終わってしまう！　という、白虎の恐れなのでは。

「急使か。月祭に王太子を招きたくはないが、断るのも難しい……はぁ。せめて皇帝にだけでも、かつて同族だった『雲蛍州の白虎』のことが伝わっていればと悔やむな」

紫曄の口から苦しげな呟きが漏れた。

もし知っていたなら、あの神託はもっと慎重に扱われたはずだ。琥国に逃れた先代皇帝も、神託について口にはしなかったと思う。そう信じたいと、紫曄は思っているだろうと、凛花は意味のないもしもを考えてしまう。

「月魄国が白虎について受け継がなかったのは、虎がいなくなって清々したから……かもしれないな」

ふと、気付いたふうに琥珀が呟いた。

「どういう意味だ」

「白虎を有していた胡家は、琥国のような古く閉ざされた国を嫌い、外に飛び出した一族だ」

そんな胡家は新たに根付き築いた国で、国土を広げようと戦った。周辺国を征服し、取り込むために婚姻を結んでいった。その結果、胡家の白虎の血は薄まった。

そして、そんな胡家に付いていけなくなったのが、虞家だ。

「きっと虞家は、自由を好み白虎を大切にしていた者たちだった。雲蛍州が最近まで小さくとも国であり、独自の文化を守ってきたのもそんな一族だったからなのではないか？」

月魄国は、雲蛍州の自由な白虎たちが好きではなかった。いつからそうなったのか、いつ決別したのかは分からない。だが少なくとも、『輝月宮の書』に白虎を描いた初代皇帝の時代ではない。いつからかお互いに顔を背け、袂を分かち、そしてお互いに、お互いのことを忘れてしまった。場が、しんと静まり返った。

「……だとしたら、あの神託はどういう意味なんだ」

『白銀の虎が膝から下りる時、月が満ちる』

紫曄の声は苦々しく、同じように感じていた凜花も神託に思いを巡らせる。

これまでの神託の解釈は全て間違っていたのではないか？　背き合い、お互いに忘れてしまった同士に下された、月の女神の神託だ。散り散りになってしまった僕（しもべ）を、女神は一体どうしたいのだ？

そして凛花は、自分たちを結び付けた『神託』に急に恐ろしさを感じた。

『白銀の虎が膝から下りる時、月が満ちる』。

凛花は神託の妃として、自分はたまたま選ばれたのだと思っていた。

しかし琥珀の話を聞いた今、神託は間違いなく、『白虎』である凛花に出されたものだと思わざるを得ない。先代から紫曄へ、皇帝の代替わりがこの神託の意味だと。

そんな解釈もされていたと聞いたが、いまだ解釈は定まっていない。

（神託の本当の意味……か）

凛花は神託の解釈を改めて考えてみる。

神託が示す白銀の虎は自分で、月は皇帝である紫曄だ。

白虎（凛花）は膝の上で愛でられるだけでなく、月（皇帝）と並び立てる関係となった時、月（紫曄）は満たされ、虎（凛花）は望月妃となる。神託はそんな意味ではないかと凛花は思っていた。

だけど今は、違う解釈もできることに気が付いてしまった。神託を琥国の視点で考えると、解釈はガラッと変わる。白銀の虎は同じく自分、月は琥国として解釈してみる。すると――

月魄国皇帝の膝から白虎（凛花）を奪い取れば、白虎を欠いていた月（琥国）は満たされ、繁栄する。

そのような意味にも取れてしまうのだ。

「神託の意味は一つではない。月官はそう言っていた。……まあ、碧先生だが」

碧かぁと凛花と紫曄は思ったが、一つの神託が、二つ以上の意味を持っている。そういうこともあるかもしれない。

「ああ、そろそろ限界だな」

琥珀が外に目を向け呟いた。紫曄は何のことだ？　と首を傾げたが、凛花の耳には『ちょっと先生、琥珀を見ませんでした？』と、突然消えた楽師を探し回っている妓女の声が聞こえた。

この離れに人が近付かないよう立っていた双嵐と、一緒にいた碧が見つかったようだ。

「長話をしてしまった。オレは仕事に戻らせてもらう」

「あの、琥珀殿！　今夜は二度も助けてくださり、ありがとうございました」

凛花は慌てて琥珀に礼をした。あの厄介客の時が一度目。雪嵐が投げた剣から庇ってくれたのが二度目だ。それに気付いた紫曄は微妙な顔だが、礼はしなければ。

「当然のことをしただけだ。……凛殿、あなたにもう一つ伝えたいことがある」

琥珀は『凛殿』と、伝えたいのは凛花にだけだと言った。凛花は迷いつつ、ちらりと紫曄を窺った。

「……少しだけなら構わない。虎同士、話したいこともあるだろう」

明らかに渋々だが、紫曄は繋いでいた凛花の手を離した。

「琥珀。俺がここにいていいのなら内緒話を許そう」

「いてくれて構わない」

感謝する、と礼を口にして、琥珀は凛花の耳元で告げた。近くにいようとも、虎ではない紫曄には聞こえない小さな声でだ。

「皇帝に無理強いされそうになったら、後宮を抜けここに来るといい。オレが守る」

凛花は目を丸くした。予想もしていない言葉だったからだ。だって今更、紫曄がそんな愚かなことをするとは思えない。

（万が一そんなことがあっても逃げたいと思えるか……ちょっと自信がないのよね）

それに凛花は、同じ虎として琥珀に共感し、同情する部分はあっても、琥珀よりも紫曄を信じている。

「ありがとう。……気持ちだけ頂いておきます」

「もしもの話だ。選択肢の一つとしてオレを頼れると、頭の片隅でいいから覚えておいてほしい」

今度は凛花の目を見て言った。琥珀の声は真剣だ。嘘や騙り（かた）の揺らぎは感じられない。――虎の聡耳（さとみみ）だから分かる。

「分かった。覚えておきます」

凛花が琥珀を見上げ頷くと、琥珀はホッとしたのか微笑みを浮かべ頷き返した。

「――琥珀。もう行ったほうがいいのではないか？」

「ご心配には及びません。それでは凛殿、またそのうちに」

琥珀は凛花に向けて微笑むと、足早に去っていった。

「……あの、主上？」

なんだか紫曄が苛ついている気がする。凛花はそっと紫曄の腕に寄り添う。

（さっきの会話は聞こえていないと思うけど……）

目の前であっても、あの距離で異性と話しをされれば気に障るのも分かる。凛花も妓女（ぎじょ）と紫曄が微笑みを交わしていたところを見て、胸がチリリと焦げつくような感覚を覚えた。だから、分かる。

「あの、やましい話はしていませんよ？　主上」

「分かっている。ただ少し……俺の虎猫に手を出されたようで、気に食わなかっただけだ」

ぽそりと落とされたその言葉に、凛花は目をまたたいた。鋭い。やっぱり紫曄にも、虎の血が流れているのかもと思った。琥珀が言った『オレが守る』というあの言葉は、口説き文句にも聞こえるもの。野生の勘でその色を嗅ぎ取ったのかもしれない。

「……私は、主上の虎猫ですよ」

凛花はフフッと笑った。虎でも猫でもどちらでもいい。優しくて甘い、この人の膝の上にいたい。

(だけど……琥珀殿は何を思い、何を知っていて、あんなことを言ったのだろう)

琥珀の話は思いもよらないことばかりだ。独占欲が強くとも、優しい紫曄が凛花に強いるなど想像できない。

(……意地悪はされても、それはないと思うのよね)

万が一にも考えられない、そんなことがもし起きたならその時に考えよう。考えるべきことは他に沢山ある。琥珀の言葉は一度忘れよう。凛花はそう思い、不穏な琥珀の言葉は小さな記憶に留め、約束通り頭の片隅に置いておくことにした。

「凛花。移動するぞ」

「え？　あ、後宮に帰るんですね」

紫曄と戻れることにホッとした。あの閉ざされた場所に安心感を覚えるようになるなんて。いつの間にか朔月宮は、随分と居心地のいい場所になっていたのだなと凛花は思う。

「いや。戻らない」

えっ？　と聞き返す間もなく、凛花は紫曄に抱き上げられてしまった。

◆

「雪嵐、晴嵐。あちらの離れに戻る」

凛花を抱えて現われた紫曄に、雪嵐は『何をしているんだ』と少々呆れ、晴嵐は『本当に猫っ可愛がりしてるなぁ』と笑った。

そして元々用意されていたほうの離れに戻ると、紫曄は急使への返事は明日まで待てと言った。凛花はいまだ抱えられたまま、膝の上に乗せられている。

(雪嵐さまと晴嵐さまの視線がいたたまれない……！　ついさっき、膝の上にいたいとは思ったけど、これは恥ずかしい……！)

凛花は羞恥で顔を伏せているが、双子は凛花が思うほどには気にしていなかった。

執務中の休憩時や、ほんの少しの雑談時に、当たり前のように惚気話を聞かされているので、本体がいればこうなるだろう。そんなふうに思っていた。しっかり皇帝としての役目を果たしているのなら、後宮でのお役目に励むのも構わない。

というか、どうかそちらのほうも充実させてほしい。そちらも皇帝の仕事ではあるが、それよりも双嵐は、幼馴染が安らぎを得ることを願っている。だから真剣な話の場で寵姫(ちょうき)を抱えていようが何をしていようが、話しさえできれば構わない。

「それで、何と返答します？」

「小花園の招待は、管理者が変わったと伝えご遠慮願おう。月祭への参列も同様だ。国内の祭祀なのでご遠慮いただきたいと返答する」

きっぱりと言った紫曄の言葉に、雪嵐と晴嵐は顔を見合わせた。そう返したいのは二人も同じだが、そう簡単にはいかない。

「紫曄。借りがあるが大丈夫か？」

今回断ったことで、何かもっと面倒なことを吹っ掛けてくるのでは？　最悪、先代皇帝が生きていることを公表されたり、もう琥国では引き受けられないと、返されたりはしないか？　双子はそう懸念している。

「それにあの琥国の男、琥珀とは何を話したのです？　彼は王太子ではなかったのですか？」

そういえば、そういう話だったたか。もっと衝撃的な話をいくつも聞いたので、そんなことはすっかり忘れていた。紫曄は琥珀について、黒虎であることを除いて話し、今回の王太子の件に関して、あの琥珀は係わっていないようだとも話した。

「――元王太子ですか。まあ、幼い頃の話のようなので本当に名だけでしょうが……。間諜の真似事をしているようですが、そこは様子見ですね？」

「琥国からの入国も就労も禁じてないしな。一応あの男のことは気には留めておく」

双嵐の二人はそう言うと、「それでは」「それじゃ」と残してこの場を後にした。

「……え？　あの、一緒に戻るのでは……主上？」

「今夜はここに泊まる」

凛花は目を見開き、ぎこちなく頷いた。面と向かって「ここに泊まる」と言われたのは正直悲しいが、そういう夜があっても仕方がない。

(同じ後宮内で他に行かれるよりは、ずっといい)

それなら早く雪嵐と晴嵐を追い掛けよう。碧を探して後宮へ送ってもらわなければ。元々そういう話だったのだから、辻褄を合わせたほうがいい。凛花は急いで紫曄の膝から下りようとした。すると紫曄が腰に腕を巻き付け、引き留めた。

「もう二人きりなのだから逃げなくてもいいだろう？　そんなに恥ずかしかったのか？」

「……え？」

ぽかんとした顔を見せた凛花に、紫曄は急に顔をしかめ凛花を抱き寄せた。

「妙な勘違いをしてくれるな。どうしてお前がいて、よそ見をすると思うんだ」

「たまには他のものを食べたくなるかな……と」

ずっとおあずけをされていれば、たまには腹を満たしたくなるもの。そんなふうに凛花の中で折り合いを付けたのだが、そもそもが間違っていたようだ。

「あの……私も、ここに泊まるのですか？」

「そうだ」

むすりとした顔で言う。

「はぁ……。俺は傷付いた。これはどっぷり甘やかしてもらわなければ癒えない」

「えっ」

それ以上は何も言わせてもらえず、凛花は抱き上げられ奥の間へと連れて行かれた。

そこは臥室だった。外は見えないが、手水鉢が置かれた坪庭では金桂花が咲き、小さな水面には黄色の花が映り、ちらちらと浮かんでもいる。

凛花を抱えた紫曄は牀榻へ一直線に向かうと、滑らかな敷布の上に凛花を下ろした。

「さて。甘やかしてもらう前に、まずはお仕置きだな」

横たわった凛花の耳横に両手を突き、見上げる凛花の瞳を覗き込む。紫曄の長い黒髪がまるで帳のように凛花を囲った。

「その布……気に入らんな」

「あ、これ……」

目をすがめ言ったのは、琥珀に借りた黒い布のことだ。髪を覆っていた煌めく黒布は、艶のある黒虎の毛並みを連想させる。

「香りも、気に入らん」

紫曄はゆっくりと凛花の髪に顔を近付け、くん、とひと嗅ぎしてまた目をすがめた。たしかにこの布からは、琥珀のものなのかこの妓楼(ぎろう)に焚かれた香なのか、どこか胸をさざめかせる変わった匂いがしている。

「ハッ。白虎を捕らえようとした網のようじゃないか。しかも自分の色だ」

「これは髪を隠すため借りただけです。香りがお好みでなかったならもう外します」

好みなわけがあるか。紫曄は吐き捨てるように言うと、黒布をぐいと引き抜き床に落とした。

「凛花。お前を捕らえているのは俺だ。逃がさないし、代わりも欲しくない」

分かるな？　と、よく聞こえる虎耳に言葉を流し込み、その耳を甘噛む。

「っ！　わ、わかります……！」

これは、たしかにお仕置きだ。耳に感じる微かな刺激と、鼓膜(こまく)から脳までを震わせる声。「凛花」と呼ばれる度に吐息が甘く触れ、凛花は肩をぶるりと震わせてしまう。耳は凛花の弱点だ。くすぐったいような、鳩尾(みぞおち)がひやひやするような感覚が堪らない。

凛花の『たまには他のものを食べたくなるかな……と』という言葉を根に持った、紫曄の意地悪は容赦がない。しかし責め立てられるうちに、凛花は気付いた。

しつこくされるのは、紫曄が言った通り傷付いているからだと。凛花はごめんなさいの気持ちを籠め、紫曄の腕に触れ、首を伸ばして頬を擦り付ける。

（ああ。主上の香り）

自分を囲う腕と髪から匂い立つのは、嗅ぎ慣れた皇帝らしい重厚さと清々しさを持った香りだ。でも凛花は知っている。紫曄の体温が上がると、この香りは少し丸く、甘くなるのだ。

銀の髪に少し移った琥珀の香りは、蜃気楼のように美しいけど妖しくて、少しそわそわする香りだ。だけど紫曄の香りは、凛花にとってひたすら心地がいい。清々しくて甘い、相反するそんな特徴も、紫曄らしくて愛しさまで感じてしまう。

「ふふっ。主上……？」

控えめに噛まれるお仕置きは、耳からうなじ、首筋をくすぐり辿っていく。鎖骨に歯を立てられた頃には、二人の吐息に湿度が混じり身を捩った。だけど凛花は逃げもせず、クスリと笑みを零してお返しに、少し甘く香る手首を食んだ。

「主上」

閉じ込めようとする腕に唇で吸い付き、機嫌よく喉を鳴らす紫曄に口づけをねだる。

だけど紫曄はニヤと笑うだけで、まだご褒美を与えてくれそうにない。

ああ、そうだった。これはお仕置きだったか。しかし凛花ははくはくと口を開け、ちろりと舌を出して口寂しさを見せつける。

「主上。まだお仕置きしますか？」

「……お仕置きになっていない気がするが」

仕方ないなと笑う紫曄が唇を落とす。広がった銀と黒の髪の上で指先が絡み、凛花へ届く香りに甘さが立つ。

「ん……」

口付けなんてもう慣れたはずなのに、心臓がどきどきと逸ってしまう。その音は凛花の素直な気持ちだ。『もっとしてほしい』『もっと先がほしい』そんな催促をしている。

「凛花……」

凛花を抱きしめ、肩口に顔を埋め、掠（かす）れが混じる声で堪らず囁く。

凛花は思わず、「はぁ……っ」と熱の籠った吐息を漏らした。こういう時、やっぱり自分は虎なのだなと思ってしまう。紫曄の喉元に牙を立て、丸ごと食べてしまいたい。そんな凶暴な衝動に駆られることがある。怖がられると思うので言わないが。

もうこのまま奪ってほしいとも思う。でもそれと同じくらい、自分も紫曄を奪いたいという欲望がこみ上げて、つい肩に歯を立ててしまう。

「ふっ。噛むのが好きだな？」

「……主上、美味しい」

もういいかな。凛花はふとそう思った。

（虎化を繋いでしまうかもと不安になるけど、この人の全部が欲しい）

そして全部あげたい。自分で満腹にさせてやりたい。月妃のくせに我儘で我慢をさせて、そのくせ負い目を感じ、物分かりよく夜を譲ろうとした自分が嫌だ。本当は、あの妓女に向けた微笑み一つだって許したくないくらい、心が狭いのに。

（だから、一度くらい――）

そう思うけど、一度知ったらもっと我慢ができなくなる。食べたがりの白虎はきっと、一度味をしめたら我慢なんて忘れてしまう。凛花はぐらぐら揺れる胸の内を隠して紫曄に抱きつく。

「お前のほうが美味そうだが？」

自然と紫曄の口元に寄った耳に、また声が落とされた。チュッと耳元で音を立てた唇が、凛花の唇を求めて頬を滑る。間近で目と目が合い、凛花はゆるりと瞳を細めた。

紫曄の瞳も揺れている。このまま押し切ってしまおうか、食べてしまおうか。

唇を重ねるごとに深くなり、ぴちゃ。ちゅく。と音まで立ててがぶりと口づけられて、紫曄にも白虎の血が流れているのだ……！　と凛花の胸が高鳴る。

「ッ……ん」

「はぁ……っ」

食べられたい。どうしよう。どうして今夜はこんなに昂るの？　凛花がクラクラする頭でそう思った時、ふと違和感が鼻先をかすめた。

（――香り。これ、嫌いじゃないけど、この香りはどこから？）

周囲を見回して、牀榻の脇に置かれた白銀の香炉に気が付いた。香るのは、少しまったりとした、だけど涼やかな香りだ。

（銀桂花……？　今の今まで気付かなかった。ううん、気にならなかった？）

心地よすぎて、鼻に馴染みすぎて存在に気が付けなかった。

これ、どこから手に入れた香だろう？　月魄国に銀桂花は多くないと聞いた。香へ加工されたものは雲蛍州にもあまりない。

「あの、香り……っ」

「香り？」

紫曄もはたと気付いたようで、すん、と漂っている匂いを嗅ぐ。

「ああ。碧が献上してきたものだ。『朔月妃さまの心身が軽くなる香りです』とか言っていたが……。気に入らなかったか？」

紫曄の紫色に見え隠れする「早く食べてしまいたい」という気配に、凛花の体が誘われおののく。だが、いけない。

「……主上。香を気に入ったかと聞かれれば、気に入ったのだと思うけど……あれ多分、白虎(わたし)には毒です」

「何⁉」

バッと体を起こして紫曄は香炉に手を伸ばす。

「大丈夫です、ちがうの。多分それ、媚薬(びやく)です……！」

碧め……！　何が『朔月妃(白虎)さまの心身が軽くなる香りです』だ！

（色々理性がぐらついて軽率なことをしそうになったじゃない……‼）

凛花はそう心の中で悪態をついた。

凛花はバッと牀榻(しょうとう)から抜け出し、坪庭に繋がる戸を開け空気を入れ替える。
紫曄は香を消して炉(ろ)を離れの外へ出す。用意してあった水差しを見つけ、それを手に臥室(しんしつ)へ戻った。
「凛花。飲むか？」
まだ赤い顔で風を浴びていた凛花は頷き、差し出された水を受け取った。一口というには多い水を飲み、ぶるるっと頭を振る。

「なんだか……おかしいと思ったんです」

頬が赤いのは、ついさっきまでの自分を思い出してしまったのか、それとも香のせいなのか。紫曄はクスリと笑って凛花が残した水を飲み干す。

「たしかにな……。楽しませてもらったが、俺もちょっとおかしかった気がするな」

琥珀の話を聞いた今だからそう思うのかもしれない。紫曄にも、僅かながら白虎の血が入っているのだ。凛花と同じように昂ってもおかしくはない。

それから碧に渡されたものを、何の疑いもせず焚いてしまった落ち度に溜息が出る。今回はこんな、いいことしかない香だったからよかったものの……と、紫曄はその場にぺたりと座り込んだ。

「本当にあの男は信用できんな」

「同感です。身を挺して守ってくれたし、ちょっと信用してあげようかと思っていたのですが……！　次に会ったら碧はお仕置きですね」

「いや、仕置きは俺がしよう。凛花が仕置きをくれてやったら、あいつは喜ぶんじゃないか？」

「……そうですね」

はぁ、と凛花は溜息を吐き、くしゃくしゃに絡んだ髪を手櫛で梳く。紫曄の隣に座り、こてりと肩に頭を寄せた。

「実は他にも『美しい声になる薬・改弐』『臆病を直す薬・倍』とかいうものを渡された」

凛花は目を見開き「絶対に使っちゃだめですよ⁉」と言った。

迂闊だった。碧の研究は、本能を高める方向だと言っていたではないか。紫曄に渡された他の薬も、そちらの方向に言い換えられそうな名付だ。

「碧はほんっとうに何を考えてるんでしょうね⁉」

「『神月殿の書』に載っていた『獣化』した者のための薬を研究して、更に虎用に改良してみたらしいが……」

今うっかり焚いてしまった香の効果を見るに、どちらもろくでもなさそうだ。

虎用に改良だか改悪だかをした薬を使うのは、どれがどの程度、どのように凛花（虎）に作用するのか。それを見るには必要な実験かもしれない。しかし、とはいえだ。

「琥珀殿は本当に、こんな研究の試験をしていたんでしょうか……？」

「凛花にと渡されたこれを？　あの食えなそうな男が自分で使うのか？」

後宮仕様に本能を高める効果があるものだ。あの琥珀が試したとして——

「まあ、あれの職場はここだ。使いやすいとは言えるか」

「……そうでしょうか」

王族の出である琥珀が間諜（かんちょう）の真似事をし、妓楼（ぎろう）で働いていることから、紫曄はきっと彼を何でもできる男だと思っている。何に身を落とそうが、誰に頭を下げようが構わないのだろうと考えている。

凛花もそうは思う。けれどそれは、琥珀が心に持っている大きな支柱があって、決して揺るがない自分を持っているからではないか。

（琥珀殿の信条までは分からないけど、戯れで女性と関係を持ったりする人には……ううん。それ以前に、琥珀殿は簡単に自分の肌に触れさせない気がする）

背中の刺青(しせい)は月魄国ではかなり珍しいもの。妓女(ぎじょ)であってもそうそう目にしないと思われる。背中を隠して試すのは簡単だけど、そういうことではない。

（それに『黒虎(こっこ)』である自分に引け目を感じている琥珀殿が、その体質を受け継がせてしまうかもしれない、子ができるような行為を積極的にしたいと思う……？）

凛花は思えない。白虎である自分を誇らしく思う気持ちもある。だけど人とは違う自分を受け入れ、秘密を抱えて生きるのは少し苦しい。だから子や、何代か先の誰かに同じ思いをさせたいとは思わない。……色事に対する男性の感覚は分からないが。

でも琥珀も、凛花と同じく虎の血を繋ぐことに、忌避感(きひかん)や躊躇(ちゅうちょ)を抱いているように感じたのだ。

「凛花。お前は琥珀を気に入ったようだな？」

「そういうわけではありません」

紫曄の声には少しの苛つきがあった。凛花は苦笑して、隣に座った紫曄の肩に頭を乗せる。

「ただ、初めて自分以外の人虎がいることを知りました。ちょっと仲間のような感じがして……」

「あの男は、お前を琥国に連れて来いと命令されているんだぞ？　今はその気はないと言っても、あれも碧と同じだ。俺たちには見せない、奴らの信条によっていつ心変わりするか分からない」

紫曄は凛花の頭に、こてりと頬を寄せる。しばらく二人は無言で風に当たった。そろそろ頬も頭も冷えた頃、紫曄は凛花の膝を枕にして、ごろりと寝転がった。

「……今日は最初からここに来るつもりだった」

「え？」

やっぱり遊びに来る予定だったの？　と凛花はチラッと思ったが、またお仕置きされては堪らない。今度はその顔をじっと見下ろし、紫曄の言葉を待つ。

「たまには外出させてやりたいと思ったんだ。お前は雲蛍州ではもっと自由にしていただろう？　まあ、ここも後宮と似たような場所ではあるが……」

「ふふっ。そうですね」

後宮に入ってまだ一年も経っていないのに、雲蛍州での日々はすっかり懐かしいものだ。でも、そこまで恋しくはない。宮の庭に畑があるし、小花園を貰えた。当初の予定とは違い、皇帝である紫曄と心を通わせてしまったが。

だけど凛花は、想像よりもずっと自由で、楽しい毎日を過ごしている。

「朔月宮じゃない場所で、主上と一緒にいるのはなんだか新鮮です」

そういえば、星祭の前にも神月殿の帰りに街へ連れ出してくれた。

凛花はじっと紫曄の顔を見つめる。さらり、さらりと凛花の髪が肩から落ちて、今度は白銀の帳（とばり）が二人を囲ってしまう。

（主上は優しい。忙しい日々の中で私のことを気に掛け、できる範囲で喜ばせようと心を砕いてくれている）

そう思ったら急に堪らなくなって、凛花は紫曄の唇に口づけた。

「主上……」

「凛花。ひとつ、お前にねだりたい」

おねだり？　と凛花は目をぱちりと瞬く。

「名で呼んでくれないか。凛花」

「名で……？」

それは一介の月妃には難しいことだ。皇帝である紫曄に許されたのなら、そのくらい構わないとも思う。だが、どんなに心と肌を寄せても身分差はある。

僅かに顔を曇らせた凛花の頬に手を伸ばし、指先で撫でて紫曄が言う。

「今だけでもいい」

「……紫曄さま？」

「さま、もいらない」

「……紫曄」

初めて敬称なしで口にした名に、凛花の胸がトクリと鳴った。

「紫曄」

もう一度口にしたら、今度は心臓に火が灯されたようにポッと熱くなった。嬉しそうに、ちょっと照れ臭そうに目を細める紫曄が愛おしくて、凛花はまた「紫曄」と囁きその唇を重ねた。すると、おねだりを聞いてくれた唇を紫曄がぺろりと舐める。口づけをしないのは、もっと呼んでくれと甘えているようだ。

「凛花。二人でいる時には名で呼んでほしい。俺だけ、お前に名を呼んでもらえないのは寂しい」

ほんの少し目尻を赤くして、そんな言葉をぽそりと落とす。

「ふふ」

「笑うな。あの碧でさえお前に名を呼ばれているのだぞ？　琥珀もだ。あの二人には特別な呼び名まで許しているし……正直、嫉妬(しっと)した」

見下ろす拗ね顔が可愛くて、可笑しくて、凜花はつい顔を緩ませてしまう。

「ふふっ。嬉しい……」

嬉しい？　と紫曄は片眉を上げ、笑う凜花の頬を憎らしげに摘む。

（主上もそんなことで嫉妬していたなんて）

妓女に向けた微笑みに嫉妬をした凜花も、紫曄にしてみたら「そんなどうでもいいことで？」と思うのだろう。

それから笑うなと頬を抓ってみても、本気で怒りはしない。それは、笑っても構わないぞ？　と甘えるふりで、凜花を甘えさせてくれているのではと思う。

「主上は優しいですね」

「なまえ」

「紫曄は優しいですね？　ふふふ」

それに、女に笑われたら気分を悪くする男性はきっと多い。しかも凜花が笑いをこぼしたのは、恥を忍んでしてくれた、可愛いおねだりに対してだ。気分を悪くして当然。だけど紫曄は蕩けそうな顔で微笑む。この国で並ぶ者のいない身分だというのに。

「まったく……。お前には情けないところばかり見せてしまう」

また少し拗ねたように言う。凜花はやっぱり可愛いなと、膝を枕にする年上の皇帝の髪を撫でる。紫曄の言う情けないところとは、虎猫の抱き枕がないと眠れなかったことだろうか。凜花は抱き込む温かな腕を思い出し微笑む。

「情けなくなんてないですよ。それを言ったら、私のほうこそ情けないところばかりで……」

入ったばかりの後宮で虎猫になって、走り回って迷子になって、疲れた末に紫曄の宮に入り込んで寝てしまったのだ。断然情けない。

「あと、しゅ……紫曄との初対面の時は裸でしたし……。不審者と疑われて、腕を捩じり上げられ、うつ伏せに押さえ付けられましたね……」

ああ。今になってみれば恥ずかしすぎる。それに、色々な意味でよく無事だったなと凜花は今更思う。

「ははっ。そうだった。まあ、あれは正直なかなかよかったが」

「え⁉」

どういう意味ですか？　と瞳を覗き込めば、紫曄は紫色を細めて凜花の髪をゆるく引く。

「乱暴に女を組み伏せたのは初めてで、なかなか……なあ」

悪戯を仕掛けるような顔で言って、お前からこちらが見えていなくてよかったと笑う。

（それは、私は本当に、随分と危険だったのでは？）

凛花はそう思った。もしもあの時、あそこで無理やりことに及ばれていたら、今のこの関係はなかったと思う。

「……紫曄は我慢強くて優しい、いい子ですね？」

「もっと褒めろ」

クスクスと笑い合いながら、凛花は紫曄を撫でる。

なんだか今日は、紫曄のほうが猫のようだ。

しばらく床でそんなふうに戯れて、いい加減に足が痺れただろうと紫曄が膝を解放する。

ちょうど頃合いだったと、凛花は「助かりました」と笑い足を伸ばし投げ出した。

秋の夜風は少々冷たいが、金桂花の香りが鮮やかに立ち悪くはない。

「しかし、琥珀……か。あれも不憫な名を付けられたものだな」

ぽつりと紫曄が呟いた。凛花はあれもとはどういう意味だ？　と紫曄の横顔を窺う。

「俺の名だ。使われている字を不思議に思わなかったか？」

『紫曄』の『紫』の字は分かる。皇家の色で、それを受け継ぐ者という意味だ。それに反して『曄』の字は、月魄国を継ぐ者の名に用いるには少々妙だ。

この字は『さかん』『かがやく』など、意味だけ見ればとても皇帝らしい。だが、妙なのは『日』の字が入っていることだ。日とは、月が出る夜ではなく、月がその強るのに……？）

（『日の光が輝く』という意味も持っている字よね。同じ音でもっと相応しい字もあ
皇帝の名に使うには、ちぐはぐだ。

「そうですね。ちょっと不思議です」

い輝きに隠れて見えない昼のこと。

「この名は、祖父が付けたらしい」
「おじいさまが？」
紫曄の祖父といえば、凛花の故郷・雲蛍州を月魄国に組み込んだ皇帝だ。野心家で、
皇帝らしい皇帝だったと聞いている。
「『月の輝く夜だけでなく、日が照り付ける昼も支配せよ』と、やっと産まれた男児
に、全てを手に入れろと願いを掛け、この名を付けたらしい」
願掛けというには強欲すぎる名の意味に、紫曄は皮肉っぽく笑う。
「凛花。お前の名は？　どんな意味だ？」
「さあ。薬草の産地ですし、それっぽい名にしたのでは……？　『花』もよく使われ
る字ですし」
『凛』の字はきっと、なかなか子に恵まれなかった両親が、『総領娘らしく凛とした
人間になれ』なんて意味を込めたのでは？　と凛花は思っている。

「名といえば、双嵐のお二人に使われている『嵐』も珍しいですよね」

荒々しい様を表す『嵐』を名に使うのはあまりないことだ。嵐よりは凪。穏やか、美しい、輝く。名にはそんな良い意味を持った字を用いることが多い。

「ああ。あれは二人が生まれた日の天気なんだと。先に出てきた雪嵐が産まれた時刻には吹雪が吹き荒れていて、少し後に産まれた晴嵐が出てきた時には、空は晴れたが大風が吹いていたらしい」

「へえ。お二人は冬産まれなんですね」

顔はそっくりな双子なのに、その雰囲気や言葉遣いは正反対。だけど等しく荒々しい一面を持っている。

『雪嵐』と『晴嵐』。二人をよく表している名だなと思っていたが、そんな逸話があったとは。名とは面白いものだなと、凛花はその因果を思う。

(私の名は、字面や響きで付けられたものだろうけど、紫曄や琥珀殿の名は……ちょっと重そう)

「紫曄。あなたはいい子で、いい皇帝ですよ」

凛花は立てられた膝の間にスススと潜り込み、紫曄の頬に口づけを贈る。

「突然なんだ?」

そんなふうに言っても、誉め言葉も口づけも悪い気はしていない顔だ。紫曄は凛花の腰を引き寄せる。

「ふふ。私、『今の皇帝は悪くない』って思って、後宮へ行くことを決心したんです。あなたは国の端にある田舎にも、きちんと予算を配ってくれた。それはお日様の出ている昼間に耕される、薬草畑に使うお金です」

これまで一度も届かなかった補助金は、紫曄の代になって初めて届いたのだ。首がすげ替わるだけでこんなに変わるのか。そう驚き、民たちも『いい皇帝だ！』とその一件だけで紫曄を認めた。だからこそ、冷徹な皇帝との噂がありながらも、嫁いでいく凛花を総出で見送ってくれたのだ。

「……ちょっとは名の通りのことができていたか？」

「ええ。あなたの支配は優しい」

紫曄は「ただ行き渡るように睨みを利かせただけだ」と言い、それに昼間の仕事を褒められるのは面映ゆいと、紫曄は照れ臭そうな顔で凛花を抱きしめた。更に照れ隠しなのか、凛花の頬やら首やらに、ちゅっちゅっと唇を落とす。

「くすぐったい……紫曄」

「ここは？」

銀の髪を掌で上げ、うなじに口づける。「じゅっ」と強く吸いつけば、手拭いに守られていた真っ白なそこには赤い痕が簡単に付く。

「んっ……！　くすぐったい、とちょっと痛い」

凛花はふくれて紫曄にお返しをしてやる。するりと胸元をくつろげて、思い切り吸いついた。しかし紫曄の胸にはうっすら赤みが残るだけ。何度やっても上手くできなくて、どうにも面白くない。

これは苦手だ。やっぱり凛花は牙を立てるほうが得意らしい。

「ふっ……ふふ」

こそばゆさに紫曄が小さな笑いをこぼし出す。

「主上」

「名で呼べと言っただろう？」

もう一度お仕置きだと、紫曄が噛み付くように口づけた。脚で囲い込み、もっと、もっと、と凛花を抱き寄せる。

ふっ、ふっ、と息を乱しながら唇を重ねるうちに、紫曄の手は凛花の淡く光る輝青絹の上を滑る。そのうちに、手はたゆんだ絹の下に潜り込み、掴むように肌を撫でた。

「ん……」

「少し冷えていると思ったが……熱くなってきたな」

絡める舌も、素肌も紫曄が触れるごとに熱くなっていく。皺になってしまっている絹も、早く脱がせてほしいと唇からこぼれてしまいそうだ。

「うん……っ」

肌が熱くて暑い。そんな凛花の肩はいつの間にかはだけ、背中を紫曄の掌が這っている。腕にはずり落ちた袖がまとわりついて、凛花の腕は自由が利かない。抱きしめ返したいけど、できないので凛花は仕方なく、頬を寄せ唇をねだることしかできない。

「お前の背は、俺はこのままがいい」

耳を食む唇で溜息まじりにそう言って、長い指で凛花の傷ひとつない背をなぞる。

「……んっ」

肌がぞわわと粟立った。おかしな声が出てしまいそうだし、鳩尾（みぞおち）がうずうずしてしまう。

（背中……。もしも雲蛍州に、人虎（じんこ）は刺青（しせい）を入れる風習が残っていたなら、私も月と白虎を背負っていたのかも）

それに、もしも皇家・胡家が虎の血脈であることを忘れていなければ、『月の力を頂戴する』という意味で、紫曄の背にも白虎が彫られていたかもしれない。

「紫曄の背中……」

「ん……？」

背を撫でまわす紫曄も、撫でまわされ背をしならせる凛花の口からも、はぁっ、と熱い吐息が漏れる。

「わたしも」

――紫曄の背中を見たい。

思い起こしてみると、凛花はあまり見た記憶がないのだ。いつも背中から抱きしめられるか、抱き合うか。組み伏せられたり、膝の上に乗せられたりすることもあるが、紫曄が裸の背中を向けることは、ほぼない。

「紫曄、脱いで、ほし……っ」

いま、深くは考えられない凛花がつい口にした。背中を見てみたい。裸で抱き合いたい。だってきっと気持ちがいいから。それをどこまで口にしたか、熱に浮かされたような凛花には定かでないが、紫曄は凛花を抱く腕にぎゅっと力を籠めた。

「はぁ……ッ」

苦しいくらい抱きしめられて、凛花の口からは吐息のような「ああっ」という声が漏れた。

「――凛花。虎になれるか?」

「え……?」

突然なんだ? と凛花は半分蕩けた目で紫曄を見つめた。すると紫曄はもう一度ぎゅうっと抱きしめ、凛花には見えない肩口で、はぁ～……と大きくて重い溜息を吐いた。

「……今日は駄目だ。今夜は、人型のお前をただ抱いて眠るだけでいる自信がない」

たしかに今夜はお互い少し変だ。いつもは利く理性の歯止めが緩んでしまっている。

その原因に心当たりはあるが……。凛花がちらりと坪庭に目をやると、手水鉢(ちょうずばち)の中には半端な月が映っていた。薄雲を掃った月夜の今なら、凛花は虎型にもなれる。

「私も……」

堪える自信がちょっとない。でも恥ずかしくてそこまで素直には口に出せない。もっと言えない本音は、今すぐ押し切ってほしい。いや、ここまで口にしたら紫曄をますます煽ってしまう。駄目だ。ぎりぎりの理性で凛花は口を噤み、名残惜しげに紫曄の頬へ自分の頬をすり付けて、坪庭に出て月を見上げた。


「ぐるぅ……」

淡く輝く輝青絹(きせいけん)の中から、虎猫の凛花がもぞもぞと顔を覗かせた。見上げると、微笑む紫曄が屈んで腕を伸ばしている。

「おいで。凛花」

「がぅ」

小さいけれど、しっかりとした前脚をその手に伸ばす。ひょいっと抱き上げられたら、自然と喉がぐるぐる鳴ってしまった。

「ははっ、やはりお前は虎猫だな」

「がうぅ？」

それは馬鹿にしているの？　と、凜花は素肌の胸にポスッと頭突きをしてやる。目の前には、先ほど自分が付け損ねた薄紅色の痕だ。凜花はザラザラの舌で、薄い痕をべろりと舐める。紫曄の白い肌なら、これでも赤くできるのだ。

「ふっ、はは！　さっきのよりもくすぐったい」

笑う紫曄は腕に毛玉のような凜花を抱いて、少し乱れた褥に潜り込んだ。

第五章　銀桂花と金桂花の虎の姫

翌朝。まだ早い時刻、三青楼の奥門に二台の馬車が着けられた。中から姿を見せたのは、背が高い飾り気のない女と男児の二人組。妓楼には奇妙な組み合わせだ。

「兎杜。凜花さまは本当にこちらに……？」

「はい。僕も来るのは初めてですが、こちらの離れを内緒話に使っていると……あ、案内の方ですね。おはようございます！　琥珀殿」

現れた男——琥珀は、兎杜が雪嵐から聞いていた通りの目立つ風貌をしていた。人違いをしないで済むので有り難いと兎杜はのんきに思う。

一方、麗麗は琥珀に対して少しの警戒感を持った。

「お二人が滞在されている離れにご案内します」

着替えの包みを持った二人は琥珀の後に続き、静まり返った妓楼（ぎろう）の中へと消えていった。麗麗は無言で琥珀の背を見つめていた。用心棒と聞いているが、身のこなしは洗練されている。だが、その足音のない歩き方、隙のない目。気配。花街にいても浮かないほど美しい男だが、油断がならない。

こんな用心棒がいるような場所から早く凛花を連れ帰りたい。麗麗はそう思った。

しばらくして、三青楼の奥門に一行が戻ってきた。

少し地味な装いをした紫曄と、銀の髪をすっかり隠した凛花ももちろん一緒だ。早朝とはいえ、人の目が全くないわけではない。朔月妃は街でも注目されている。そんな状況で目撃でもされたら面倒だ。凛花もそれを分かっているのだろう。紫曄に微笑みを向け、琥珀には目礼すると、急かす麗麗と共に慌ただしく馬車に乗り込んだ。

神月殿での生活が長かった麗麗にとって、妓楼はあまり好きになれない場所なのかもしれない。いつもの様子と異なり、そわそわとどこか落ち着きがなかった。

「しかし、わざわざ琥珀が案内に現れるとは思わなかったな」

紫曄もさっさと馬車に乗り込もうかと思ったが……その前に琥珀に声を掛けた。

「あなたに何かあったら面倒ですから、三青楼いちの用心棒が付けられたのでしょう」

紫曄は軽く片眉を上げる。これまでは、一夜を過ごした設定の天人が見送りに出るだけだったくせによく言う。

そもそも、裏方である用心棒が客の前に姿を見せるものではない。その証拠に、紫曄はこの三年間、琥珀という用心棒の姿など見たことはなかった。

「琥珀。琥国の王太子とは、どのような人物だ」

突然、紫曄に護衛が付けられたのには理由がある。琥国の動きのせいだ。護衛役が琥珀なのは気に入らないが、昨晩の身のこなしを見た双嵐が指名したことは察せられる。凛花のこともあるし適役ではある。

「……よく知らないが、琥珀色の瞳と、長くて明るい金の髪をしている」

「容姿しか知らないのか？」

琥珀は嫌な顔を隠しもせず、鼻で笑う。

「オレはこんな体だからまともに会ったことはない。知っているのは噂程度だな」

「どんな噂だ」

　他国の者、それも王に命じられて潜入している琥珀に聞くのも滑稽だが、今ある情報源は琥珀しかない。そのくらい、琥国は近くて遠い国だ。

「『金虎らしく立派で傲慢、平伏したくなる王太子』だそうだ」

「傲慢？　それは褒め言葉なのか？」

「力強く、気高く、臣下が頭を下げたくなるような者が琥国の王だと」

「なるほど……」

　そういう気質を尊ぶ国か。取っつきにくく、いつも上から目線だとは思っていたが、古い血脈を誇っているだけではなかったのようだ。

　秘密主義な上にほとんど付き合いがなく、これまで関わり合うことが少ない間柄だった。そのせいか、国の雰囲気すらよく分からない。分かっているのは、褐色の肌を持ち、薬学が発達していること。王族には何代かおきに同じ名の王太子が現れること。そのくらいだ。

　ああ、不自然なくらいに何も知らない。紫曄は今更気付く。

（だからこそ、遠い国のような気がして父を追いやれたのかもな）

　そんなふうに思った。

次々と咲いていく金桂花の香りが月華宮を彩っている。月祭までもう少しだが、後宮は普段と変わらない。

「星祭が準備で忙しかったから、月祭はどうかと思っていたけど……よかった」

凛花は庭にしゃがみ込み、畑の草を抜いていた。収穫を終えたら冬はどうしようか。皇都は雲蛍州ほど寒さが厳しくない。あちらでは育てられなかったものを育ててみるのもいいし、冬に強い薬草を植えてみるのもいい。

「また桂国あたりから面白い植物を手に入れられないかな」

琥国が月の女神の白虎を遣わされた国なら、桂国は女神の僕で、薬を作っている兎が桂の木を託した国だ。どちらも遠い遠い昔話。国興しの神話だ。

「桂国には兎がいるのかな……ふふ」

あちらも古く特別な国だ。港を多く持っているので、海運や貿易が盛ん。雲蛍州も薬草を介しての付き合いが深い。

桂国は、様々な国と友好を結んでいるが、女神の兎から貰った土地を大事にし、それ以上もそれ以下も要らないと宣言している。決して他国に攻め入ることはしないが、手を出されたなら徹底的に叩き潰す。優しげなようで容赦のない国だ。港欲しさに、小さな国だと侮り攻め入り、痛い目を見る輩は定期的に現れるそうだが。

「凜花さま、こちらでしたか。雲蛍州からお荷物が届きましたよ」

「ほんと！　待ってたのよね」

この季節に銀桂花がないのは寂しい。それに、何度か漁った蔵にまだ何か見逃している古文書がないか、実家に調査をお願いしていたのだ。

凜花は裾と袖の土をはらい、手を洗うと、空に顔を出している白い月を見上げた。

（何か見つかったなら嬉しいんだけど……）

室内に戻り荷を開けてみると、凜花は早速その香りに気が付いた。

「銀桂花！　わあ、お茶もある。ふふふ！」

香っていたのは銀桂花の匂い袋だった。それから香りを抽出した香油、凜花が大好きなお茶もしっかり入っている。

「これが銀桂花の香りですか……いい香りですね！」

麗麗もくんくんと鼻を鳴らし、初めての香りを楽しんでいる。あまり強く甘い香りを好まない麗麗にも、すっきりとした銀桂花は好ましい香りだったようだ。なんだか凜花も嬉しくなる。

「そうでしょう！　やっぱり月祭（つきまつり）には銀桂花がなくちゃなんだか物足りなくて……」

月祭には銀桂花。雲蛍州では当たり前のことだ。

(本当に、どうして雲蛍州だけなんだろう？　何故、他では金桂花だけなのか……)

琥国には銀桂花がある。しかし月魄国のほとんどに銀桂花はなく、雲蛍州にだけ残っている。凛花は、似たようなことが他にもあったなと思った。星祭の祝い歌だ。あれも琥国にはあり、月魄国では廃れ、雲蛍州にだけ残っていた。

(まるで白虎じゃない。琥国を飛び出して、皇都天満を通り過ぎ雲蛍州に辿り着く)

凛花は何とも言えないざわめきを感じ、銀桂花茶の包みを見つめた。

「凛花さま？　どうされましたか？」

「あっ……ううん。あとでお茶にしましょう。そうだ、書庫の老師にも持って行ってあげたいわね」

「はい！　老師には明日のお茶の時間にお持ちしましょう」

凛花はお茶の淹れ方が書かれた手順書を手渡し、気を取り直して荷物を開けていく。

すると最後に、厳重に梱包された何かが出てきた。

「なんだろうこれ……あ、文がついてる」

開けてみると、それは父からだった。凛花が探してほしいと依頼した古いものがあるとすれば蔵の奥になる。門外不出のものや、下手をすれば封印されているようなものもある。そんな場所を探せるのは、やはり当主である父しかいない。

忙しい時期に無理を言ってしまい申し訳ないな。そう思いながら紙を広げると、そこには父らしい簡潔な文面があった。

『息災なようで安心している。時間が許す範囲で心当たりを探してみた。ひとまず古い家系図と思われるものの写しを送る。凛花は何を知りたいのだ？』

――凛花は何を知りたいのだ？

その一言は『虎』のことか？　と言っている気がする。それに、後宮に入ってしまった娘にどこまで一族の秘密を伝えていいのか、そんな迷いも感じられる。父がどこまで何を知っているのか、凛花には分からないが。

「そうよねえ。……でも、家系図か」

跡取り娘として、正式な家系図は見ている。父がわざわざ送ってくれた古い家系図とはどんなものだろう。凛花は少しわくわくしながら写しを広げる。

根が広がるように記されている名前たち。凛花が見たものとは違い、当主や重要な地位に就ていた男性だけでなく、多くの名が記されているようだ。

随分古いもののようで、凛花の知っている人物は一人もいない。ここに記されているのは、ずっと昔の先祖たちだ。

「あ、この名前は知ってる」

たしか『熊殺しの虎諒（こりょう）』だ。熊と素手で対峙し撃退した男の話は、お伽噺（とぎばなし）として雲蛍州に伝わっている。

「……虎諒か」

これまで気にしたことはなかったが、雲蛍州のお伽噺に出てくる男には『虎のつく名』が多い。というか、破天荒なお話のほとんどに虎が出てくるか、名に虎が入っている男が登場する。

凛花はあらためて、家系図を上から下へと目を通す。『虎諒』『虎輝』『虎武』『虎佑』……。見事に虎の文字が並んでいる。そして、虎の文字は直系の者に多く見られ、加えて古い時代は虎の名を持たないものが少ないくらいだ。

「嘘みたいに虎だらけね……」

しかも雲蛍州のお伽噺に出てくる人虎の名前ばかり。彼らはきっと、お伽噺の中だけでなく、現実でも虎に変化した、人虎だ。

虎化し春先に沢で魚獲りをしていて流された『虎輝』、隣国のお姫様に一目惚れをし、虎化して城に忍び込んだらそのまま婿入りさせられた『虎武』、到底人には行けない崖を虎化して登り、珍しい薬草をいくつも発見した『虎佑』。

まさか全て実在の人物で、ご先祖だったとは……。凛花は自由すぎる先祖たちの行いにがっくり項垂れ、そして大笑いする。

「どうりで人虎のお話が多いわけね。でも、『虎』が付くのは男性ばかり……」

たまたまだろうか？　いや、たまたまにしては偏りすぎている。

それとも人虎には男が多いのか？

「でも、私は女だし、一人もいないってことはないと思うんだけど……ん？」

家系図の枝葉をなぞる指がぴたりと止まった。『虎』の字ばかりに目がいっていたが、何度も出てくる文字がもう一つあるではないか。

「『虎』の母親の名前……みんな、『花』が入ってる」

ゾワッと全身が粟立った。

（私もだ。私の名も凛花）

もう一度、家系図を上からさらっていく。『虎諒』の母親は『金花』、『虎輝』の母親は『月花』――この女性は当主の一人娘だ。それから『虎武』と『虎佑』は兄弟で、その母親は『遥花』。ドッドッと心臓が高鳴る。

（もしかして、『花』を名に持つ彼女たちも虎？　女性は『虎』でなく『花』を付ける決まりなのかな……）

「あれ？　でも『遥花』の子である『虎武』と『虎佑』兄弟の妹の名には『花』が入っていない……」

どういうことだ？　『花』の名を持つ女の息子は必ず『虎』が付くが、娘には『花』が付いたり付かなかったりしている。何かが引っ掛る。

「『虎』の名の中にはお伽噺で見たことのない名前もあるけど、知っている人虎の名に全て『虎』が付くんだもの。他の『虎』たちもたぶん人虎だと思うけど……」

皆が皆、お伽噺として残っているとは限らないし、失われた可能性もある。伝承に残るようなことをしなかった人物とも考えられる。

「『花』は人虎の母親っていう意味なのかな……。たしかに『花』の付く名前の中に、お伽噺に出てくる人虎の名前はないし……」

その前にお伽噺の人虎は男性ばかりだ。知っている女性の人虎といえば『お転婆な虎姫』に出てくる少女や、『迷子の子虎たち』の幼い妹くらい。

「そういえば、どっちも名前は出てこない。女の子……」

何故だ？　どうして女性のお伽噺は極端に少なく、あっても幼い少女なのか。

「子供だから逸話だけは辛うじて残った……のかな？」

今も昔も、女性の地位は男性よりも低い。正式な家系図には、余程の功績を残した女性でなければ名すら載っていないし、古い時代になると名すらない。ただの『壱姫』『虎〇の娘』と記されているのみ。

身分が上がれば上がるほど、女性は貞淑さを求められ、武よりも美、勉学よりも教養を。屋敷の内側でそのように育てられる。

（虎は獰猛な大型の肉食獣だもの。評価される美しく貞淑な女性とはかけ離れてる）

もし雲蛍国時代の虞家に人虎の女性がいても、そもそも人目に触れるようなことは稀。お伽噺に残るような目立つ事柄は起こらず、起きたとしてもその不名誉な逸話か、名が消されたと考えられる。

現在の、自由な気風の雲蛍州であっても、凛花は跳ねっ返りと呼ばれた。跡取りだからと大目に見られていたし、婿を迎えた後も表に立つことが決まっていた。だからこの気質も許されたのだ。

（多分、婿は従兄弟の誰かになるはずだったと思うのよね？　皆、仕事仲間で私の性格は知ってたし、仲良しだったから淑女に仕立てる必要がなかったのかな……）

「ふぅ。でも、『花』が気になるな……」

凛花は立ち上がり深呼吸をして、今度は家系図全体を俯瞰で見てみた。

『虎』と『花』。古い時代ほど多い字だ。下へ視線を動かしていくと、『虎』と『花』だけでなく、子の数自体が少なくなる。これは単純に、『母親』の数が減ったからではないかと凛花は思った。

「後宮まではいかなくても、妻の数が多いのよね」

当主はもちろん、その兄弟もだ。全員の名はないが、子がある女性の名は書かれているので、一夫多妻だったことが窺える。現在も、正妻以外の女性を囲う有力者は多いので特に不思議はない。

「ん？　ここだけ『虎』の名が続いていない……？」

当主の弟は『虎』だが、その子供は『虎』の名ではない。しかしその次の代には『花』が産まれている。ここで、凛花の辿る指が止まった。家系図はここまでだ。

「……なんで？　初代からずっと連なってきた『虎』に空白ができてる」

今、雲蛍州で人虎が産まれるのがかなり稀であることを考えれば、どこかの時点で『虎』が途切れるのが当然だ。

「だけど……どうしてここで突然なの？」

何か相違点はないか。どこが上のほうと違うのか。

凛花はもう一度、上から見直してみる。直系に注目して辿ってきたが、今度は枝分かれしている兄弟姉妹の筋を辿ってみよう。

すると、こちらには名のない空白があり、ポッと『花』が出てきて当主へ嫁いでいたり、また別の『花』から『虎』が産まれていたりする。基本的に、『花』と『虎』の名のみが書かれているようだ。

「うーん……？　頭が絡まってきた」

唸りながら家系図を睨み付ける凛花のもとに、ふわりと銀桂花の香りが漂ってきた。麗麗だ。

「凛花さま。休憩なさってはいかがですか？」

「はぁ……。そうね。麗麗、ありがとう」

チカリとひらめきそうな感じがあったが、逃げ水のように掴めなかった。あの家系図に一瞬、何か見えた気がしたのだが。

「あ、麗麗も一緒に飲みましょう？　雲蛍州の銀桂花茶をぜひ飲んでみてもらいたいわ！」

「はい！　ぜひ！」

麗麗は少しぬるいお茶を自分の器にも注ぐ。凜花が猫舌なので、お茶はこうして飲みやすい温度に調節してくれているのだ。いつも有り難いと、凜花も涼やかな香りを楽しみお茶を飲む。

「ああ、金桂花とは違いますね！　鼻に抜ける香りが優しいような……？　美味しいです」

「気に入ってもらえてよかった。雲蛍州ではね、この時期は本当にどこにでも咲いているのよ」

「見てみたいですね！　金桂花の華やかさとは違う美しさでしょうね」

銀桂花は淡く黄色を帯びた白い花を咲かせる。金桂花の圧倒的な華やかさとは違う、月の光のような静寂と柔らかさを感じる。

（……月か。雲蛍州は白虎が生まれる土地。金桂花でなく、銀桂花を敬っているのは何か特別な意味があったりしない？）

皇都に銀桂花がないのは何故？

雲蛍州へ移った虞家が根こそぎ持っていってしまったとでも？

それとも、自由気儘な白虎を厭うた胡家が金桂花に挿げ替えてしまったとか？

（『輝月宮の書』に描かれていたのは白虎だった。金桂花と銀桂花、祝詞と祝い歌。そして白虎……。なんだか気になる欠片ばかり拾っていて、全体図が見えてこない）

「近付いたと思ったのに、本当に逃げ水のようね」

バラバラになった手掛かりを拾っていくばかり。どんどん輪郭が膨らんでいき、ぼやけていくばかりで形にならない。

（虎化を制御することなんて、本当にできるの……？）

珍しく弱気になった凛花は、不安を振り切るように銀桂花茶をぐいと飲み干した。

その頃、謹慎が長引く静かな弦月宮では、弦月妃・董白春が憤りに身を震わせていた。卓の上で香りを放つ、最上級の金桂花茶を楽しむ余裕もない。
「お祖父さま。わたくしもう我慢がなりません。月祭にまで出ることを許されないだ

なんて！」

月祭には謹慎が解かれると言っていたではないか！　白春はそう声を張り上げる。

星祭後から未だ続いている謹慎処分は、気位の高い白春にとって耐え難い辱めだ。

月祭で着る衣装も用意していたというのに無駄になってしまった。

星祭で評判になったあの『輝青絹』に対抗しようと、金桂花をあしらった豪華な衣装を作ったのに。弦月妃の色である紅梅色を無視して、月祭にかこつけてもっと上位妃の色である月の色に似せたのに。

「それに『近いうちに、気高く美しい姫がこの後宮の女王となる』とおっしゃっていたのに、一体どうなっておりますの？　お祖父さま」

自分の置かれている環境は変わっていないではないか！　感情を抑えきれない白春は、ついに祖父へ怒りをぶつけてしまう。

「そう喚くなと言ったであろう？　白春。計画は順調に進んでおる」

「まあ、どのように？　わたくしは何をすればよろしいの？」

「お前は何もしない。それが今の役割だ」

「何もしない……？」

この状況に甘んじろと言うのか。

常に上位であれと言い聞かせてきた祖父の、らしくない言葉に白春は耳を疑った。

「近々、新しく高貴な姫が後宮に入る。主上が寵愛せざるを得ない姫よ」

「なっ……それでは意味がないではないですか！　しかも高貴な姫だなんて、弦月妃よりも上に据えるおつもり？　お祖父さまはわたくしを見限ったというのですか⁉」

「ははは、見限ってはおらん。が、お前の力不足には少々がっかりした」

冷たい視線を向けられ、白春はビクリと肩を揺らす。皇帝の寵どころか、遠ざけられているこの状況で、後ろ盾である祖父の機嫌を損ねるのはまずい。孫として甘やかされ愛されてきたのは、白春が駒として有能だったからだ。

「ははは。そう怯えるでない。意地悪なことを申したな？　よいか白春。そもそも後宮とは、皇帝の寵愛を分け合い、享受する場所である。そうだな？」

「……ええ。その通りですわ。何をおっしゃりたいの？　お祖父さま」

「まず、主上の寵愛を朔月妃から新しい妃に分ける。今までたった一人を寵愛していたのだ。亀裂が入るだろう。そこに白春、お前が潜り込み、更に寵愛を分け与えさせればよい」

「まあ……。そう簡単にいきまして？　主上が寵を分け与えるなんて夢のよう。ですがお祖父さま。わたくし主上に好かれていない自覚くらいはありますわ。馬鹿ではありませんのよ」

あの皇帝は、血筋や美しさでは振り向かない。指すら伸ばさない。先代皇帝のような男ならよかったのにと、白春は何度思ったことか。

先代皇帝は、来るもの拒まずではあったが、月妃の序列を守った上で隅々まで寵愛を配った。現皇帝もそんな男であったなら、とっくに董家直系である自分が望月妃に選ばれていた。

（解釈定まらない神託と、毛色が違う珍しさだけで寵愛されるなんて……忌々しい）

雲蛍州なんて新参の田舎姫のくせに上手くやったものだ。白春は寵愛を独占し、自由に振る舞う朔月妃・凛花を忌々しく思う。そして、新しく入るという高貴な姫もだ。

（忌々しいことばかり……！）

「白春よ。主上のお心を量っても仕方がない。我らは寵愛を分け与える気になるよう、そっと仕向けてやればよい」

あの皇帝が、そう簡単に朔月妃以外に寵を与えるとは思えない。それこそ凛花がいなくならない限り、そんな日は来ないとすら思える。

（まさか朔月妃を始末するつもり……？）

だが、現状それをやってしまったら、疑いの目は弦月宮に向けられる。祖父ともあろう者がそんな単純なことに思い至らぬはずもない。白春は一体なにを企てているのか……と祖父の目を見つめるが、返ってくるのは微笑みだけ。

どうせ白春には、頷かない選択肢がないと分かっているからだ。

「主上と朔月妃の間には、確実に亀裂が入る。まずは新たな妃に挨拶する場を作ろう。よいな？　機会を活かすも殺すもお前の才覚次第。――期待しておるぞ？　白春」

「かしこまりました。お祖父さま」

白春は従順で賢い孫の顔で頷き、笑顔で退出する祖父を見送った。

しかし、その内心では怒り狂っていた。

「馬鹿にしおって……！」

祖父が使っていた茶器を掴むと、白春は床に向かって思い切り投げ付けた。パリン！　と高い音を立て茶器が割れたが、一旦解放した怒りは収まらない。もう一つの器も投げ付け、茶壺も投げ落とし怒りをぶつけたた。

「はぁっ、はぁっ……。何が……！　お前は策を弄しているだけで、体のひとつも張らないくせに!!」

陶器が割れる音に駆け付けた侍女(じじょ)たちは、部屋の惨状に青ざめ固まっている。荒れている白春には下手に触れないほうがいいのだ。

(『寵を更に分け与えさせる』ですって？　この、わたくしが！　新しく入る妃から分け与えられる側ですって!?　『主上と朔月妃の間には、確実に亀裂が入る』からなんだ、『新たな妃に挨拶する場』だと？　わたくしに首を垂れ、寵愛を分けてもらえと言うの!?)

「冗談じゃないわ」

分け与えるのは構わない。上位の者として、下々に分け与えるのは義務であり、度量の広さを示すことでもある。

だが、自分が分け与えられる側になるのは我慢がならない。

「それに、あの主上が寵を与える気になる？　一体どんな妃が入るというの……？」

（お祖父さまは、肝心なことは何も教えてくれない。分かっていたわ。可愛い孫娘と言いつつ、わたくしのことなど道具にしか思っていないことくらい……！）

悔しい――。白春は、寵を独り占めしている卑しい朔月妃も、寵を分ける気のない皇帝も、新しく入るという妃も祖父も、何もかもが気に入らなかった。

「麗麗！　そろそろ書庫に行きたいんだけど、準備はいい？」
「もちろんです。銀桂花茶の用意もできております！」
今日は天気もいい。いつも麗麗が鍛錬をしている中庭で、老師にお茶を振る舞う約束になっている。ついでにそのまま書庫に籠る予定だ。
こんな爽やかな秋の日には小花園に行きたい気もするが、ここは我慢だ。

まずは小花園の隠し庭と、三青楼の小隠し庭にあった、変わった百薬草(ひゃくやくそう)について聞かなくは。先日、隠し庭で採取もしていたから、老師も気付いているんじゃないかと凛花は思っている。

(それに今日は、老師だけでなく兎杜もいるらしいから、調べものも手伝ってもらうには絶好の日)

琥珀の言うことが本当なら、白虎の血脈も、銀桂花も、始まりは琥国だ。琥国について調べれば、人虎(じんこ)についてもっと分かるかもしれない。昨日見た家系図のことも気になっているし、一度情報を整理したい。

(そうだ。手当たり次第に古い時代のものを見てみるのもいいんじゃない? 星祭の祝い歌みたいに、思わぬ手掛かりが隠れているかも)

◆

「あ、朔月妃さま、ちょうどいいところに! 今、朔月宮にお迎えに行こうかと……」

書庫へ着くなり、なんだか慌てた様子の兎杜が凛花を迎えた。その腕には、どこから持ってきたのか古ぼけた木箱を抱えている。

「あの、これ見てください! 小花園の隠し庭について何か資料がないかと探していたら……！」

「箱？　中身は……書き付けね」

　バラバラに書き散らされた紙束が入っている。ざっと見た分には、小花園に関する書き付け、雑記のようだ。

　凛花はその場にしゃがみ込み、兎杜が抱えるほどの大きさの木箱を漁る。と、気になる紙束があった。他の書き付けの紙と比べて、質が段違いに高いものが使われている。高貴な身分の人間でなければ使えない紙だ。

（高品質の高級品なだけあって、良い状態で残ったのね）

　他の紙は虫食いになっていたり、カビが生えてしまっていたり、墨が滲んでしまっているものもある。だが紐で括られたこの束だけは綺麗なまま。手触りもよくて、ふと匂いを嗅いでみたら虫除けに似た匂いがした。

「――これ」

　凛花の瞳に『虎』の文字が映り、慌てて紙束を胸に抱き込んだ。

「ごめんなさい。兎杜、麗麗。少し一人にしてくれないかしら。上手く言えないのだけど、この箱の中身、あなた方はまだ見ないほうがいいと思うの。兎杜、見つけてくれてありがとう」

　嘘は言っていない。この箱の中身の全てが『虎』に関することかは分からないが、少なくともこの紙束を見せてはいけない。

「はい。では僕は一旦着替えてまいりますね。物置にいたので埃だらけです！　あ、老師はまだ主上のところです。お茶の時間には、こちらにいらっしゃるとのことです」

「はい。それでは私は中庭で鍛錬をしております！」

二人はそれぞれに言い残すと、凛花の希望通り一人にしてくれた。

一人になった凛花は、箱の中をもう一度漁ってみた。この紙束以外には、『虎』に関するものはなさそうだ。ホッとしたような、肩透かしのような不思議な気持ちだ。

「さて……。読んでみましょうか」

『小花園の運営のためにと、あなた方が来てくれて本当に助かりました。あなた方の献身は彼の御方(おかた)によく伝えましょう』

『取り急ぎ、神月殿の秘薬を処方してください。小花園は好きに使っていただいて構いません。お互いの利益をよくよく守りましょう』

これは書き付けではなく文のようだ。他とは紙だけでなく筆跡も違うし、それにこれを書いたのは――

「小花園を作った望月妃……？」

大きな手掛かりになるかもしれない！　凛花の胸にゾワワッと期待がこみ上げてき

た。高鳴る鼓動を感じながら、震える指で紙束を解いていく。

『薬草の生育は良好のようで何より。薬の試作品の出来もよい。わたくしは一刻も早く、彼の国へ白銀の子を送らなければなりません』

『霧百合の媚薬はよく効きました。主上にもまだ白虎の血が残っていた証拠でしょう。喜ばしいことです』

「え……？　まって、どういうこと？」

凛花は小花園を作った望月妃を、自身と同じ悩みを持った妃だ考えていた。同じく虎化の秘密を抱え、どうにか制御できないかと考える同士だと――

凛花の指が震える。先ほどまでとは違う意味での震えだ。信じたい思いが次を読むことを躊躇してしまう。

（だって、この文章……）

決定的な文言はまだない。だけど端々から滲む彼女の望みは、凛花の予想を裏切るもの。あの小花園を作った望月妃は、彼女は人虎ではなかったの？　それでは何のために秘薬草を育て、人虎に効く薬の研究をしたの？

凛花は胸に感じる嫌なざわめきを深呼吸で抑え、紙をめくる。

『月妃たちに贈った化粧品は効果を発揮してくれております。秘薬の研究もこのまま進めるように。わたくし以外に、孕む妃があってはならないことを肝に命じよ』

（――まさか）

凛花の脳裏に『神月殿の書』が浮かんだ。

あそこには、後宮らしい様々な薬が載っていた。

（避妊薬は自分自身のためじゃなく、他の妃に使っていたって……こと⁉）

ザアッと血の気が引いた。小花園には、避妊薬どころか、堕胎薬にもなる禁忌の薬草があった。

「嘘でしょ……」

後宮の禁忌というだけではない。倫理にもとる悪事だ。凛花は震える手で紙束を伏せ、自分の顔を両手で覆った。見たくない。薬草がこんな使われ方をした事実を読みたくない。知りたくなかった。

（そうだったの――。あの小花園を作った望月妃は、白虎の血を持つ皇帝の子を身籠り、琥国へ連れ帰る。もしくは、婿か嫁として送り出すつもりだったんだ）

そういう役目を課された妃だったのだ。

人虎の本能を高める薬は、皇帝に使うことで忘れ去られた白虎を呼び起こし、虎の子を成すため。禁止薬草を使った避妊薬は、他の月妃に子を与えぬため。

（ああ……。心が重い。信じたくない）

小花園を作った大昔の望月妃は、自分と同じように薬草を愛し、育てたのだと思っていた。収穫した薬草で作られた薬によって、癒される幸せを願ったのだと勝手にそう思っていた。

（私と同じように、虎化を抑えたい、治したいと思っていたんだって思っていたのに……！）

「ひどい思い違いをしていたわ」

凛花とこの文を書いた望月妃では、置かれている立場も環境も違いすぎる。

本来、後宮とは甘い場所ではない。他の妃も、自身の後ろ盾も、皇帝からの寵愛でさえ、信じられる確かなものなど無い。信じられるのは己のみ。

（寵愛を得ることだって、単に愛し愛される喜びのためじゃない……）

それは自らの役目を、その目的を果たすための手段だ。

小花園を作った望月妃に対する、裏切られたような勝手な思いを胸に抱きつつ、凛花は自らの考えの甘さを見つめる。

そもそも今の後宮が異常なのだ。こんなに妃が少なくて、夜のお渡りも限られ、妃同士が仲良くしている後宮のほうがおかしい。

現に今だって、後宮は平和なだけの場所ではない。罪を犯し追放された妃がいて、弦月妃は祖父である宦官長を後ろ盾に、寵姫（ちょうき）である凛花と対立をしている。

「私、まだ後宮を舐めていたのね……」

人虎はお伽噺の中に生きているのではない。昔も今も、たしかにこの国に、月華宮に存在し、琥国は白虎を欲している。お伽噺というなら、凛花と紫曄のような関係こそ、後宮においてのお伽噺かもしれない。紫曄を想うその気持ちだけではいけない。寵姫の座を譲る気がないのなら、名実共に皇帝の横に並び立つならば、このような覚悟を持った月妃と対峙しなければならないのだ。

（私も覚悟をしなければ）

これからするのでは遅い？　いいや、そんなことはない。新たに覚悟を決めるのも、切っ掛けとなったこの文を読んだのも、今でよかった。

（私はこれを見る前だったから、朱歌さまや霜珠さまと友人になれた）

それは後宮において得難いことだ。月妃として生きていく上で、信頼できる月妃の友人がいることは宝であり、力にもなる。

凛花はぎゅっと両手を握り締めた。今すぐ紫曄に会いたい。会って話しをしたい。今なら側近たちの前で膝の上に乗せられて、虎猫扱いをされても構わない。

（小花園が作られたのは『大昔』だと聞いている。正確な記録もないくらい、誰も関心を持たなかったのだと思っていたけど……それは違う。わざと表には記録を残さなかったんだ。価値を知り、分かる者だけが分かればいいと）

小花園の大切な記録は、輝月宮、望月宮、神月殿、の三ヶ所に分けて、厳重に隠され保管されている。見ることができるのは、皇帝、望月妃、薬院長の月官という限られた者だけ。

だけどあの宦官たちが、関心も利もないのに世話を続けるのは不自然だ。小花園の価値を知る者がいて、密かに受け継がれ、管理され、必要とする妃だけが利用してきた。そうでなければ荒れ果てようが、薬草園が残っているわけがない。

董宦官長は小花園の植栽図を持っていた。価値と成り立ち、人虎のことも含め、どこまで知っているかは分からない。

だが宦官にそれが伝わっている。彼らが小花園維持の協力者であったことは間違いない。

(歴代の月妃の中に琥国の者は何人いる？　全員ではないにしろ、白虎を得る使命を帯びた妃がいてもおかしくない。だって今も、琥国は白虎である私を連れてこいと、琥珀に命じているのだから)

「琥国は白虎を何百年……ともすればそれ以上、ずっと諦めていなかったんだ」

凛花の手には、まだ目を通していない数枚の文がある。だけど心臓も心も、氷に触れたように冷えてしまって、すぐには残りを読めそうにない。

凛花には、あの小花園が、この月華宮が、得体の知れない恐ろしい場所に思えた。

◆

「兎杜、兎杜、どこですか？」

そう呼ぶ男性の声が聞こえ、文を手に固まっていた凛花は席を立った。凛花が書庫を訪れる時は、徹底的に人払いがされている。それを破って訪問があったなら、何か特別な用件が発生したということだ。

「どうかしましたか？　いま兎杜は少し奥に行っていますが」

凛花を一人にするために兎杜は物置、麗麗は中庭だったが、ふと気付けば麗麗はすぐそこに控えていた。さすがだ。

「あっ、朔月妃さま……！」

「いいのよ。兎杜を呼んでくればいいかしら？」

「あ、ですが……」

そう言っている間に、麗麗が兎杜を迎えに行った。訪問者は顔見知りである紫曄の侍従だ。警戒対象ではない。

「お気遣いに感謝いたします。それと朔月妃さまにも、黄老師から言伝を預かっております」

今、お伝えしてもよろしいでしょうか？　と、彼は侍女の不在を気にしている様子。凛花は構わないと頷いた。

「『急用につき、本日は書庫へ戻れなくなった。お茶はまたの機会にぜひ』だそうです」

「そう。残念ね」

老師が凛花とのお茶会を断るとは、なかなかの急用のようだ。薬草や神仙の研究について、師として凛花と議論するのは楽しいし、お茶はいい息抜きになると楽しみにしてくれているのだから。朔月宮の厨師が作る菓子も気に入ってくれている。今日も美味しいものを用意したのに残念だ。

「お待たせしました！　朔月妃さま、お手数をお掛けしまして申し訳ございません！」

バタバタと兎杜が戻ると、使いの彼は凛花に断りを入れ、兎杜に耳打ちで何事かを知らせた。その途端、兎杜の表情が変わった。まだ年若く可愛らしい見習いから、一瞬で将来を期待されている少年官吏の顔つきになる。

「朔月妃さま。本日はもう後宮へお戻りいただいてもよろしいでしょうか。僕も書庫を出なければなりません」

「分かったわ。それではお茶とお菓子を持っていって？　休憩も大事よ」

目配せで麗麗に指示を出す。紫曄へ銀桂花茶をお裾分けしようと包んできてよかった。美味しい淹れ方の手順の書き付けも添えてある。

（兎杜まで呼ばれるなんて、本当に信用のおける者だけで対応せざるを得ない、何かが起きたということ。月祭直前のこの時期に……大事にならなきゃいいけど）

凛花は微笑みを浮かべ、内心ではそんなふうに紫曄を案じていた。

「凛花さま、こちらはいかがいたしましょうか」

麗麗が卓に広げたままの紙束を指差し言った。見ないほうがいいと言ったので、律儀に視線は外してくれている。

「そうね……兎杜。こちらの中身なんだけど、木箱ごとお借りしても構わない？」

「えっ。そんな汚い木箱をですか⁉　うーん……物置にあった塵同然のものですが、いいですか？」

「ええ。小花園についての書き付けみたいだから、じっくり読みたいの」

この箱の中身は、文の差出人である望月妃だけでなく、琥国の息が掛かった者を妃にしていた皇帝の醜聞にも繋がりかねない。紫曄の妃として、そんなものを放置することはできない。

（妄想だと思われて捨てられるだけならいいけど、万が一、董一派の宦官の手に渡ったら私も困ることになる）

凛花に下された神託には『白銀の虎』という一文がある。小花園と虎、虎と朔月妃・凛花を結び付けられては面倒だ。

「では、朔月妃さまがよろしいのなら、箱ごと貸し出しということにしましょう」

「ありがとう」

朔月宮に戻って、落ち着いてもう一度木箱の中身を検分しよう。凛花は急いで紙束を木箱にしまい、戻ってきた麗麗が手にしていた包みと交換する。

「それでは兎杜にはこちらを。あの、できれば早急に主上にお会いしたいのだけど……難しいかしら。お伝えしたいことがあるの」

小花園を作ったあの望月妃は、琥国から使命を帯び月妃になったらしいと紫曄に伝えておきたい。なんだか今、立て続けに起こっていることの全てが繋がっているような気がするのだ。

琥珀が同胞であるかつての妃たちと同じ命令を受け、皇都(こうと)にいたことが分かり、先日は琥国の王太子の急使が訪れた。そして月祭(つきまつり)直前にまた何事かが起きている。

胸騒ぎがする。凛花の中の虎が、不穏な気配を感じている。

「申し訳ございません。主上にお伝えすることは可能ですが、お約束までは難しく……」

「そうよね。我儘を言いました。ごめんなさいね」

一言、文にして託そうか。そうも思ったが、一言で伝わる事柄ではないと凛花は首を振る。それに、急を要する案件に対峙している紫暉に、本当にいま伝えるべきことなのか。ただの『虎の勘』で余計な情報を投げ付けたくはない。

「兎杜。主上と、老師にもご無理をなさらずにとお伝えしてね。あなたもよ」

「はい！　ありがとうございます」

　そうして、凛花たちは忙しなく書庫を後にした。

　その報告は、まず晴嵐のもとに届いた。広めの『双嵐房』で雪嵐と共に仕事をしていたので、ほとんど同時に雪嵐も知ることとなる。

「国境門に、琥国の車列だと？」

　はぁ⁉　と、晴嵐は思わず声を上げ、雪嵐は筆を止め顔を上げた。

「はい。月祭に参列予定だとおっしゃっているそうです。門衛からは琥国から来賓のご予定がございましたかと問い合わせが来ております」

「ない。月祭に他国から賓客を招くなど、するわけがない」

　そうですよね。と使いの男も困った顔で頷く。月祭は皇帝が主役の、月を敬い、国の繁栄を願う祭祀だ。その場に他国の者を招くのはそぐわない。

「そもそも何故、そんな報告が双嵐房(ここ)にまで上がってくるのです」

　雪嵐が口を挟んだ。その通り。国境門の警備は軍の管轄だ。晴嵐も将軍職をいただいているが管轄が違う。報告が正当な部署を巡り、その結果ここまで上げられたのだろう。では、その理由は何だ。雪嵐はそう訊ねているのだ。

「確認は取れていないようなのですが、車列は王太子のものだと……」

「王太子？」

「王太子だと？」

　言い難そうに口を開いた男に、双嵐は声を揃え聞き返していた。

「は、はい！　琥国の正式な書状と、王太子の印を見せられたようですが、本物かどうか確認する手立てがなく……。申し訳ございません！　書状は預かり、既に担当官のもとに届けられております！　門衛(もんえい)からは晴嵐さまへ報告を頼むと言伝があったようです！」

　門衛(もんえい)は正しい。先日の琥国からの急使の件を知っているからこその対応だ。しかし報告を受けた部署は、あやふやな情報を晴嵐まで上げることを躊躇った。理解はできる。一概に誤りとは言えないが、今回の最適解は、あやふやであろうが一刻も早く報告を上げることだ。

「なるほど。門衛(もんえい)はいい判断ですね」

「それで、国境門が最初に報告を上げてからどのくらい経っている？」

「申し訳ございません。一刻は経っているかと……」

もしも相手が本物の王太子であったなら、急に押し掛けたとしても待たせすぎだ。

もっと早く晴嵐のもとに報告を上げるべきだった。

「晴嵐。すぐに出迎えに行ってくれますね？」

「もちろんだ。あーでも、できれば老師か兎杜も一緒に来てほしいなあ」

どんな王太子が出てきても、何を言われても対処できる人間が欲しい。老師なら、のらりくらりと躱せるし、兎杜なら上手いことを言ってやはり躱すだろう。

「……兎杜を同行させましょう。兎杜なら子供だと警戒されにくいですし」

兎杜は頭がいいだけでなく、ああ見えて強かだ。上手く王太子をなだめ、できる限りこちらに有利となるよう仕向ける力を持っている。

「おう。俺は出る準備をしてくる。紫曄への報告は頼んだ！　雪嵐」

「ええ。兎杜もちゃんと呼んでおきます。頼みましたよ、晴嵐」


国境門へ向かって約半刻後、晴嵐たちが戻った。疲れた顔をしている彼らからの報告は信じられないものだった。琥国の王太子一行は、『小花園の見学と、月祭（つきまつり）に参列するために参った』と言っているらしい。

受け取った書状はたしかに琥王の印がある本物で、訪問の目的にも『月祭にご招待いただき感謝する』との旨が書かれている。それに一行の者たちの容姿、衣装、言葉。どれをとっても琥国のものであり、身分を偽っているようにも見えない。

更に王太子の印も本物であると確認された。晴嵐に同行した専門官がそう言ったのならまず間違いはない。この非常識な訪問をしたのは王太子。琥国の王も承知の上だと、そのつもりで対応するしかない。

「それで、よくよく話を聞いてみたら、『先日の急使は帰還していないし、書状も届いていない』とおっしゃっておりました。そんなことって……あり得ますか？」

兎杜は困惑を隠さず紫曄に訊ねた。どんな返答かは承知の上での問い掛けだ。

「使いを帰さないわけがない。しかし、琥国側がそう言っているだと？」

使いを帰さなかったなんて、戦になってもおかしくない。

それは使者を拘禁しているか、殺害したかのどちらかを意味する。戦乱時にはそういったこともあったが、平時である現在にはあり得ない。そんなことをする利がないからだ。

「ですが、もし本当に使者が戻っていないなら、琥国はなぜ『使者はどうした』と問い合わせをしなかったのでしょう。自国の急使が戻らなかったら困るはずなのに。しかもその上で、のんきに訪問してくる。理解に苦しみます」

雪嵐は不快感たっぷりに言いつつ、手元の書類で王太子一行の編成、荷物や人数詳細などを確認していく。規模的には個人的な訪問といえる範囲の編成だ。

ただ、偶然月祭（つきまつり）の日程に重なっていたのを知り、小花園を見るために数日滞在している中、顔すら出さないのは無礼だと判断した。そう言われればギリギリ不自然ではない程度のものである。

荷物も小旅行程度で、普通に見ればすぐに帰るつもりと感じられる。だが裏を返せば、しばらく滞在するつもり、厄介になるつもりで、荷物は後から送らせればいいと最小限にしたようにも見える。

「使者のこともあまり気にしていないようなんですよね。もっと聞かれるかと身構えたんですが全然でした。逆に僕から『戻らなかった使者殿のことはいいのですか？』って聞いてみたら、『捜索しております』って返されちゃいましたけど」

本当に捜索なんかしてるのかなあ。兎杜は呟く。

「あ、それさあ。俺『先々代に勇ましい名を頂いた今上帝を思えば、下手に何も言えません』なんて言われたぞ？　あまり言いたくはないけど、どうなってるんだ？　紫曄」

「俺の名の由来まで喋っているだと？　父上は何を考えているんだ」

些細な事から重要なことまで、どれだけの情報を琥国に与えているのか。父親は今、元望月妃である妻に縁のある、王宮から離れた場所で暮らしているのではなかったのか。月魄国にも琥国にも関わらない。それを約束に生かしたというのに、何をしているのか。

「父はそれすら忘れているのか？」

それとも、それほどに紫曄を侮っているのか。どうせ殺せまい。紫曄は自分と同じく戦を厭い、処分されるはずの身内の命を救った。自分はもう『追放』『身分剥奪』という罰を受けた。だからもう関係ない、何をしても構わないとでも思っているのか。

「我が父だからこそ、余計に失望するな……」

はぁ～と重い溜息が落とされ、紫曄は卓に肘を突き項垂れた。

そこには失望以外の色も混じっていて、しかし双嵐も兎杜もそこには触れられない。

すると黄が紫曄の肩をぽんぽんと叩いた。

「主上よ。あの方のことはひとまず置いておこう。まずは来てしまった王太子のことじゃ。ああ、凛花殿からの茶と菓子があるぞ？　摘まみながら策を練ろうか」

「……そうだな、老師」

フッと笑みを零し、今度は天井を仰ぎ見て、ふーっと息を吐いた。「よし」と小さく言った紫曄は、もういつもの顔をしていた。

本日の菓子は油で揚げ、砂糖をまぶしたひと口大の菓子だ。油条（あげパン）の一種で、サクサクの触感と甘さが心地いい。茶は珍しい香りの銀桂花茶。初めて口にする面々は「すっきりしていて美味しい」と喜んだ。

紫曄は集まった報告に手を伸ばす。

「は～……。少し落ち着いたな。やるか」

「そうですね。休憩している間に必要な情報もこちらに届きましたし」

雪嵐は飛ばしていた使いたちを労い、余分に包まれていた凛花からの菓子を手渡した。「朔月妃さまからですよ」と言えば皆、目を丸くしてたかが菓子を嬉しそうに懐へしまう。こんな、たかが菓子が大事なのだ。雪嵐はそう思う。

幸運にあずかったものだけが手にできる、皇帝の寵姫（ちょうき）からの差し入れだ。小さなことだが、これは後宮にいる月妃が皇帝を気遣い、臣下たちのことも気に掛けている。そう知らしめ、月華宮で働く者たちが良い印象を持つことに繋がっている。

凛花がどこまで意識してやっているか雪嵐には分からない。だが、計算でも無意識でも、こういうことができる妃は強い。きっと彼女は月妃でなく、雲蛍州の後継者としても十分にやっていけたと思う。神託ひとつで奪ってしまったその未来を思うと、皇帝の側近としては少々申し訳ないような、勿体ない気もする。

だが、こうして紫曄を共に支えてくれる手が増えるのは嬉しいことだ。

「さて。それでは私は一行の逗留先を手配しましょう。もう入ればどこでもいいですかね。無礼者たちですし」

雪嵐は、集まった報告を記した紙を順に回していく。

「うーん……でも雪嵐さま、離宮はちょっと遠いですし、月華宮近くの迎賓館もすぐには使えません」

「そうよなあ。しかしすぐに入れる宮など今あるじゃろか？　宿という手もあるが、月祭のこの時期に空いている宿などさすがに案内できん」

「せめて数日前に知らせがほしいよなあ？　あ、三青楼に滞在できるよう頼んでみるか？」

それか、せめて月祭でなく他の祭祀だったなら。地方から集まる州候たちのため、宿泊の受け入れ準備ができていた。彼らを少し詰め込めば、琥国一行に安全で目の届く逗留場所を提供できた。

「待て、三青楼は駄目だ。琥珀がいる」

紫曄の一言に、ああ、そうだったと双嵐は苦い顔を見せた。現王太子と、元王太子を会わせていいのか分からない。

三青楼は妓楼(ぎろう)ではあるが、格も、もてなしも問題なかったので残念だが。それに懐を探るにも良い場所だ。高級妓女(ぎじょ)たちは優秀な外交官のようなもの。下手に月華宮に迎え入れるより余程いい。

「……いや、そうだな。三青楼と神月殿に使いを。それから琥珀に繋ぎを取ってくれ」

「では、滞在先は三青楼に？」

そういう場所を嫌う性質でなければ、あの離れはたしかにちょうどいい。神月殿は第二候補だ。あそこなら清められた余っている房もある。華やかさには欠けるが。

「ああ。我々は琥国を知らなすぎる。三青楼の琥珀を全面的に信用するのは危険だが、有効に使おう。毒も薬になる」

「そのまま毒にならなければいいですが」

「そうだな。朔月妃さま、寝取られないように気を付けたほうがいいんじゃねえの？」

会ったばかりにしちゃ仲良さそうだったし。そう付け足した晴嵐の言葉に、雪嵐もうんうんと頷いた。二人は琥珀と凛花が同じ人虎(じんこ)だと知らないが、あの二人の間に何かがあると勘付いているようだ。自分の側近ながら油断ができないなと紫曄は笑う。

しかし『仲良さそう』という言葉は看過できない。仲は別によくないはずだ。

「えっ！　なんですか寝取られって。主上、琥珀とはどんな方なのですか！」

「はっはは！　兎杜もすっかり色気づきおって」

爺曽孫（じじひまご）までくだらない話に乗ってきてしまった。だけど笑ったおかげで、皆の顔から余計な強張りが消えた。そして気持ちを切り替えた紫曄は、いくつかの指示を出す。

「琥国に使いを出そう。今度は使者など来ていないと言われては適わない。警護を固め、使者は何人か出すように」

既に入国した王太子を追い返すわけにもいかない。国の格がどうこうというより、こちらには先代皇帝を受け入れてもらっているという弱味があるからだ。

「あと、董宦官長を呼んでくれ。もしかしたら月華宮で一番、王太子を知っているのは奴かもしれん」

董がこの一件に関わっている可能性もある、情報だけ引き出し、王太子には一切近付けないようにしなければ。下手に接触させ、助けてやったと恩着せがましくされてはかなわない。弦月妃の謹慎を解け、月祭（つきまつり）に出席させろと言わせる気も毛頭ない。

「しかし王太子がここまで強硬な手段に出るとは……。本当に何が目的なのだ？」

本当に小花園を見たいだけだったら笑える。いや、笑えないか。

（凛花と気が合ってもらっては困る）

琥国の王は、白虎である凛花を欲しているのだ。王太子が父王の思惑をどこまで把握しているかは分からないが、次代の王である王太子も、凛花——白虎を手に入れたいと思って当然。

（……それにしては不自然なくらい凛花に触れてこないな）

目的の場所は小花園であるのに、王太子一行がその管理者の名すら出ないのはおかしい気がする。更に『神託の妃』であり、琥国が切望する白虎であるのにだ。

「少し妙だな……」

そう感じるが考える時間はない。

琥国王太子の真意は、月華宮にいる紫曄にはまだ見えぬまま。

◆

「御召（おめし）により参上いたしました」

宦官・董は、小柄で細身。妖しげな雰囲気を持った老人だ。弦月妃の祖父と言っても、直接の血の繋がりはないので二人の容姿に似たところはない。

「董。琥国の王太子の件を何か聞いているか」

「いいえ。後宮に籠っている宦官が知っているはずございません。もしや……お越しになられたのですか？」

それは大変だ。あの方は自由な方ですから。白々しく呟く董は、穏やかに微笑み言葉を続ける。

「ああ、それで離宮を開けていたのですね？　ふむ……王太子殿下の逗留先でお困りでしたか、なるほど」

気分が悪い。ふわふわ、ゆらゆらと掴みどころなく話すこの宦官は、昔からどうにも好きになれない。

(子供の頃に嫌なものを見せられたせいかもしれんが)

この董は、紫曄が産まれる前から後宮におり、後宮をすいすいと泳いでいる。

月の名を持つ金魚たちの世話をしてやっているようで、艶やかで哀れな彼女たちを弄んでいた。自分の利益になる金魚は可愛がり、そうでない者は『水が合わないようです。逃がして差し上げましょう』と、優しいふりをして後宮から出してしまうのだ。

囲われた池でしか生きられない金魚を、外に出したらどうなるか。残酷な仕打ちだ。

だけど池の主は金魚が入れ替わろうが頓着しない。来るもの拒まず、ただ愛でるだけ。

(いま思い出すことではない)

紫曄は眉間を押さえ、苛々むかむかする心を静める。

「ああ、そうです。後宮でしたら、宮のご用意がございます。いつどんな姫が召し上げられても構わぬよう、佳月宮のご用意はしてございます」

「王太子だぞ？　一時的な滞在だとしても、後宮に入れるわけにはいかぬ」

何を言っているのか。たしかに佳月宮なら格の問題はない。十三夜の月の名である佳月は、望月妃に次ぐ二番目に位の高い妃の宮だ。どのような身分の姫でも入れるが、相手は王太子だ。どうして後宮に入れるというのか。

「そうでございますか？　主上がお許しになれば問題はないかと。王太子殿下に相応しい調度が揃っている宮を、これから準備するのでは間に合いますまい。ひとまず、明日の月祭が終われば状況も変わりましょう。今夜一晩だけならよろしいのでは？」

紫曄は微笑む菫を見下ろす。隣には雪嵐が控えているが黙ったまま。逗留先の手配が思わしくないからだ。たしかにたった一晩だ。王太子側の了承を得られたなら、佳月宮に滞在してもらうのが最善かもしれない。

「分かった。佳月宮が使える状態だということは、心に留めておこう」

そう答えると、菫を下がらせた。さて。妓楼か神月殿か後宮か。自分ならどこを選ぶだろうか？　紫曄は歩杖を突きぼんやり考える。

「私なら神月殿ですね。静かですから」

「雪嵐らしいな。俺もそうかな……いや、三青楼の離れならそちらのほうがいいか」

自分一人のことなら好みで選んでも構わない。だが国や立場を背負っている場合、どこが相応しいかで考えなければならない。

「主上はよろしいのですか？　あなた以外の男が後宮へ足を踏み入れても」

「佳月宮ならば、朔月宮から一番遠い。今夜は朱歌の衛士に協力を頼もう。明日の夜の心配はない。明後日には後宮から移動できる先を用意するか、さっさと追い返そう」

　明日の月祭の夜は、紫曄と凛花は神月殿だ。後宮にはいない。暁月宮と薄月宮も問題ない。腕の立つ侍女が沢山いる。主である彼女たちも、護衛の足手まといにならない程度か、それ以上に自分の身を守る術を持っている。

　今夜は麗麗にも、凛花の傍にいるよう命じよう。それならば万が一の危険もない。

　紫曄は心の中でそう独りごちる。

「はあ。紫曄は本当に朔月妃さまを一番に考えるのですねぇ。今回は後宮に関わることなので構いませんけど。で、逗留先はどうしますか？」

「……王太子に選んでもらおう。それが一番角が立たない」

　妓楼にと言えば侮られたと感じる者もいよう。神月殿では身分を考えろと言われかねない。そして後宮も、人によっては侮辱と取るかもしれないし、接待と捉えるかもしれない。月妃や宮女官たちを差し出すことは、紫曄は決してするつもりなどないが。

「王太子には、女たちに手を出してはならないと言っておかねばならないな」

「そうですね。世話はできるだけ宦官に振りましょう」

「はぁ……。王太子にかまけるのはここまでだな。仕事を片付けよう」

「そうですね。ただでさえ月祭で押してるんですからねえ。まったく」

王太子の顔は、たぶん月祭で初めて見ることになるだろう。

月祭前日の今日、月祭本番の明日。紫曄はどちらも忙しい。特に今夜から明日は、皇帝には祭祀を行うための潔斎がいくつもあるのだ。それを外すわけにはいかない。

「とにかく無事に月祭を終わらせて、王太子のことはそれからだな」

一体どんな金虎なのか。琥珀からはろくな情報を聞けなかったが、あの男の弟なら綺麗な顔をしているのは間違いない。紫曄は琥珀に似た、琥珀色の瞳と金の髪をした『金虎らしく立派で傲慢、平伏したくなる王太子』を想像して、うんざりした。

「波乱しかない気がするな」

紫曄はもう一つ溜息を吐いた。

「う〜ん……」
凛花は寝床の中で呟き、もぞもぞ寝返りを繰り返して、がばりと起き上がった。

「駄目だ。眠れない」

　夜が明ければ、いよいよ月祭の朝となる。

　昼頃から身支度が始まり、月祭自体は夕刻頃に開始となる。そして神月殿での儀式は夜。長い一日を乗り切るためにも、紫曄の寵姫としても、よく寝たほうがいいのは分かっている。

　だけど凛花は、満月間近の月がもたらす虎化への衝動と、昼間書庫で見た『望月妃の文』が気になりどうにも寝付けなかった。うとうと少し寝ては起きる。それを繰り返しているうちに、もう空は白んできていた。

「もう起きちゃおう」

　こんな時は畑の手入れをするのが一番いいのだが……。凛花が庭へ続く戸を開ければ、衛士が飛んできそうなので外には出れない。今日は宮の周囲に衛士が多いのだ。

　詳細は聞けていないが予定外の客人が訪れた関係で、暁月宮から一時的に衛士が派遣され、朔月宮を固めているらしい。紫曄からの「一歩も宮から出るな。散歩は絶対に禁止だ」という伝言を受け取っている。

（仕方ない。小花園から借りてきた箱をもう一度見てみようかな）

　凛花は手元を照らす卓燈に火を灯すと、あの紙束を卓上に広げた。

（大丈夫。もう血の気が引くことも、指が震えることもない。小花園を作った望月妃

は、同志ではなかった。それだけのこと）

凛花は心を落ち着けて、残りの文もじっくりと読み返してみることにした。

「これ、文っていうよりも、ほぼ指示書ね……」

月妃という身分のある女性が書いたしては、飾り気がなさすぎる。たまに労う言葉もあるが、上司から部下への定型文に見えた。

それから文を受け取っていたのは、元月官の宦官か女官のようだ。

『小花園の運営のためにと、あなた方が来てくれて本当に助かりました』

神月殿から小花園に来たということは、男性ではあり得ない。小花園があるのは後宮。このために宦官となったのなら、余程の覚悟と見返りがあったはずだ。ただの献身とは考えられない。……碧のような特殊な性癖を持っていない限りは。

『あなた方の献身は彼の御方によく伝えましょう』

この『彼の御方』は恐らく琥王。皇帝に寵愛されていた望月妃は、他国の王を『彼の御方』と呼び、心は琥王に仕えていた。彼女は小花園を使い、皇帝に裏切りを働いていたのだ。だから毎回、文末には決まった文言が書かれていた。

『読後、この文は必ず燃やすように』

毎回、毎回だ。ほんの一文だけが書かれている短い内容でも、必ずだ。

（でも、『指示書』が残されているってことは、この指示は守られなかったという

こと）

しかもこれらが発見されたのは、大書庫の中の物置だった。閉架書庫ではなく、書庫の備品や歴代司書が置いていった私物など、雑多なものが置いてある本当の物置だ。

（どうしてあんな場所に、こんなものが置き去られていたのか……）

ここに書かれているのは、当時の望月妃の秘密だ。絶対に知られてはならない、漏らしてはならないこと。保管するのなら、こんな木箱ではなく鍵付きの箱に入れ厳重にしまうべきものだ。

（だけど、毎回しつこく『燃やせ』と指示されていたのに、それを守らず塵に紛れて置いておくなんて……不用心すぎない？）

そう思い心の中で呟いて、「ん？」と凛花は首を傾げた。

「ああ、そっか。大切だからあんな場所に置いておいたのか」

きっと、万が一の時のためだ。

これを残した元月官は、書庫に信用置ける人間がいたか、あの物置に滅多に人が入らないことを知っていた。その上で、これを置いた。

だって、燃やせという指示は証拠を残さないため。これは望月妃の裏切りを示す『大切な証拠』になる。皇帝に愛されていた望月妃は、実は琥国と繋がり、月魄国皇帝を裏切る行為をしていた。この文を受け取っていた元月官は、その片棒を担がされていた。だから万が一、ことが露見した時のために、望月妃から指示をされたという証拠を密かに残した。

「万が一、望月妃に切り捨てられた時の保身のためね」

実際に小花園で世話をしていたのは彼らだ。望月妃が、『全て小花園の彼らが勝手にやったことです』と言えば、皇帝は寵愛していた彼女の言葉を信じるだろう。だからこそだ。罪を着せられるのを防ぐため。最悪、望月妃を道連れにするためでは？　と凛花は思う。

しかし、この文は今の今まで残っていた。ということは、恐らく小花園の世話をしていたこの元月官は処分されたのだ。きっと、望月妃によって。

恐ろしい……。凛花は眉をひそめ、目を閉じた。この元月官は、こんな保険を用意していても逃げられなかった。神月殿も助けてくれなかったということだ。多分、神月殿に作られた隠し庭は、この月官たちがもたらしたものなのに。

（利益だけ頂いて、証拠となる邪魔者は処分させるなんて……）

神月殿も恐ろしい場所だ。だけど、一番恐ろしいのはこの望月妃。皇帝を裏切りながら寵姫となり、後宮の頂点に立つ。そして不必要になったものを処分することも厭わない。

「本当に恐ろしい場所……」

後宮で生きていくためには、そのくらいできなければ、本当に望月妃にはなれないのか？　凛花は、はぁ～っと大きな溜息を落とした。

◆

明けて月祭の朝。少しだけ寝直した凛花だったが、頭はまだぼんやりしている。しかし見上げる空は、正反対のすっきりとした青空だ。

「今夜はきっといい満月ね」

よかった。凛花は如雨露を手に空を見上げてふぅと息を吐いた。今夜、月が見えるか雲に隠れるか、それだけでも皇帝の評判に係わると聞いている。このところ晴天が続いていた。だというのに、もし今夜だけ雨が降ったり雲がかかったりしたら、尚更『縁起が悪い』『何か欠けているのでは？』と言われてしまう。

天候だけは人の力ではどうにもならない。そう皆知っているが、特別な日には何かを期待してしまうものだ。

「さて。私も準備に取り掛からなきゃね」

月祭は陽が沈んでからが本番だが、身支度には時間が掛かる。息抜きができるのは朝食後の今、このひとときくらいだ。

凛花は庭畑の水やりを終え、そのまま朔月宮の表側にある庭へ脚を向けた。

「満開ね！　うん、いい香り」

咲いているのは金桂花だ。月妃は各宮で手ずから金桂花を摘み、それを今夜の満月に捧げる。月の女神と皇帝の二人に捧げるという意味なので、必要な枝は二枝（ふたえだ）。一本は宮中の祭壇に、もう一本は儀式を行う神月殿に運ばれる。

「今にも咲きそうな蕾はどこかな……」

半日後くらいに花開く枝がいい。凛花はよく選んで、腰当たりにある枝を切った。花に触れないよう気を付け居室（へや）に戻る。

ここ、月華宮のお月見に金桂花は欠かせない。それから月餅（げっぺい）と金桂花酒もだ。華やかな香りはそのまま、ほんのり甘い酒だそうで、凛花はこっそり楽しみにしている。ただ、あまり酒に強くない凛花はきっとひと舐めだろう。

◆

夕刻。早めに夕餉を済ませた凛花は、すっかり着飾りあとは時間を待つだけとなっていた。

「凛花さま！　主上がお見えです！」

「えっ⁉」

凛花はシャラリと簪を鳴らし顔を上げた。

もう月祭の宴がはじまるのに？　凛花は紫曄を出迎えるため、慌てて立ち上がった。月祭の主役である紫曄は、昨夜から細かな儀式が続いている。そんな中、わざわざ後宮の端にある朔月宮まで来るなど、何かあったのでは？

凛花は急ぎ足で門へ向かった。

「主上！　どうされたのですか」

紫曄もすっかり正装だ。やはり忙しい最中、無理に抜け出してきたのだ。

「凛花。あまり時間がないので用件だけ伝える。琥国の王太子が押しかけてきた。月祭にも出席する」

琥国の王太子！　先日、紫曄が急用だと呼び出される原因となった、急使を遣わせた王太子だ。あの時、月祭への参列は断ると言っていたと記憶しているが、それがどうして。そして、王太子といえば、あの琥珀と入れ替わりで王太子となった者だ。

「面倒なことになった。だが、俺を信じてほしい」

「はい。分かりました」

眉を寄せ、渋い顔で言った紫曄に凛花はそう答えた。一体なんのことかは分からないが、紫曄のことを信じている。お互いの秘密を知り、心を預けている同士だ。

「何があったと聞かないのか？　……少々、拙い失敗をしたのだが」

即答した凛花に、紫曄は戸惑いに近い表情を見せた。ばつが悪いのか語尾は小声だ。

こんな紫曄は珍しい。周囲には、月祭（つきまつり）直前の失敗とは何か。もちろん気になるが、この場で聞けることではない。突然すぎる紫曄の訪問に、場を辞する間もなかった平伏する宦官、宮女官たちがいるのだ。

（それなら、無理をしてここへ駆けつけてくれた主上に報いる言葉をあげたい）

凛花は紫曄の手にそっと手を重ねた。そして背伸びをして耳元でもう一度、言葉を告げる。

「あなたを信じています。紫曄」

二人きりの時だけと約束した呼び名を口にして、驚いた顔でこちらを見た紫曄に微笑みかける。すると紫曄はじわわと頬を赤く染め、凛花の肩口に顔をうずめた。

「はぁ」

「主上……？」

紫曄の頬だろうか。首に伝わってくる熱がこそばゆい。

「……麗麗。すまない、少し手間を掛ける」

「はっ！　かしこまりました！」

紫曄は肩越しの麗麗にそう言うと、ぐいと凛花を抱き寄せ、そのまま凛花に口づけた。

「んっ……、主上！」

「なんだ」

言葉はぶっきらぼうなのに、その顔は蕩ける笑顔だ。凛花が目をまたたくと、紫曄は紫の瞳を閉じてもう一度、今度は紅がすっかり取れるまで凛花の唇を奪った。

「主上、お時間です」と兎杜から声が掛けられ、紫曄は親指で唇を拭い朔月宮を後にした。

「凛花さま。お化粧だけでなく御髪と、衣装も少し着付けを直しましょうね」

「……世話を掛けるわ、麗麗」

「いいえ！　主上からもお言葉を頂いておりますし、私にとっては嬉しい手間です」

美しく装わせた甲斐があります！　と麗麗は嬉しそうに笑うが、凛花には堪ったものではない。

「……そ、そう？」

凛花は赤い頬で麗麗を見上げる。

あんな口づけも二人きりならいい。百歩譲って麗麗と兎杜だけならまだいい。だけど、あそこには顔を伏せていたといっても、朔月宮で働く者たちがいた。

（麗麗にはしっかりと見られていただろうし……は、恥ずかしすぎる……！）

紫曄のことは信じているが、甘やかして好きにさせてはいけない。次からは絶対に人払いをしよう！　と、凜花は心に誓った。

照れる主の姿を見送った宦官、宮女官たちは皆、生温かく微笑んでいた。

平伏し床を見つめていたといっても、主たちが何をしていたのかは察せられる。年若い宮女たちは揃って顔を赤く染め、内心で様々なことを思っていた。

この先、朔月宮に勤める宮女官は、恋に憧れ職を辞する者が増えそうだ。

◆

満月が煌々と輝いている。月祭に相応しい夜に、それぞれの色の帯を締めた月妃たちも順に姿を見せた。暁月妃・朱歌は金茶色、薄月妃・霜珠は薄萌木色。最後に入場した朔月妃・凜花は白藍色。うっすら青く輝く輝青絹の衣装が今夜も美しい。

どの妃も衣装に金桂花の意匠を取り入れているが、凜花の輝青絹には銀桂花も刺繍されていて、ますますよく目を引く。

「凜花さま、本日のお衣装もとっても素敵ですね！」

「ありがとうございます。霜珠さま」

「凛花さま。我々にも輝青絹をありがとう。美しいだけでなく、肌触りも素晴らしいね」

「喜んでいただけて何よりです。朱歌さま」

その言葉通り、微笑む二妃の衣装にも輝青絹が使われていた。霜珠は領巾として使い、朱歌は帯に重ねている。どちらも美しいが、贈り主の凛花に配慮したのか、使い方は限定的。月妃たちの良好な関係が見て取れるものだ。

しばらくして、ドーン、と太鼓の音が響いた。紫曄の入場だ。冠を着けたその髪を飾るのは、やはり輝青絹。近くで見なければ気付かないが、金桂花と銀桂花、凛花と揃いの刺繍で飾られている。

三人の月妃と皇帝・紫曄。淡く光る衣装も相まって、四人の姿は月祭の会場で目立っていた。

だが、目立つ姿はもう一人。居並ぶ高官たちの中に、見慣れないがひどく目を引く姿があった。褐色の肌に、たっぷりとした波打つ金の髪。意思の強そうな琥珀色の瞳は、まっすぐに紫曄を見つめている。赤の衣装をまとった彼女の髪には、星型の飾りが散りばめられており、月の光を受けてきらきらと煌めいている。

『あちらはどなただ？』

『新しい月妃さまか？　しかしあそこは妃の席では……』

『見たことのない姫だが、褐色の肌といえば琥国だぞ』

『あの髪飾り、星祭の天星花のようではないか』

――天星花といえば月妃。やはりまさか。

まさか主上は、琥国から月妃を迎えようというのか⁉

会場のあちこちで、そんな囁きが交わされていた。

この密かなさざめきは、もちろん紫曄にも、凛花たち月妃の席にも届いている。ということは、彼らの近くに並ぶあの姫君にも当然聞こえている。だが彼女は気にする素振りもなく、周囲をゆったり見回し嫣然と微笑んだ。

「凛花さま。気にしてはいけないよ？　新しい月妃が入るとしても、あなたの代わりはいない」

「そうです。あの方が琥国の姫だとしても、主上は身分で妃を選ぶ方ではございませんわ」

席を並べる朱歌と霜珠が凛花に囁く。

「ええ。ありがとうございます」

このことか。と、凛花は先ほど紫曄が言った『信じてほしい』の言葉を思い出していた。紫曄を信じている。それは変わらない。

（だけど、あの褐色の肌に金の髪。そして琥珀色の瞳）

彼女はただの姫ではない。彼女は、あれは――琥国の王太子だ。

（琥国の王太子が、まさか王女だったなんて……！）

紫曄は『面倒なことになった』と言っていた。そして失敗したとも。それは月祭に琥国の王太子を参列させたことかもしれないし、月妃になるのでは？　と噂になることかもしれない。それとも、まだ凛花が知り得ない他のことという可能性もある。

（琥国は……琥国の金虎は何を考えているの⁉）

凛花は、はす向かいに座る輝く金髪の王女を見つめた。

「――琥珀さま。白銀の姫がこちらを見ております」

「ああ。美しい白銀よなあ。あの毛並みをワタシもぜひとも手にしたいものよ」

王女は凛花を見つめ返し、口元を隠していた扇を下げると、その赤い唇でにんまり微笑んだ。

ドーン、ドーン、と低い太鼓の音が響いた。

紫曄が立ちあがり、いよいよ月祭がはじまる。

金桂花が盛る月華後宮の上には、琥珀色にも見える満月が輝いていた。

恋文やしろのお猫様
～神社カフェ桜見席のあやかしさん～

織部（おりべ）ソマリ

きまじめ 女子×気ままな 妖

一歩ずつ近づく不器用なふたりの

異類恋愛譚

縁結びのご利益のある『恋文やしろ』。元OLのさくらはその隣で、奉納恋文をしたためるための小さなカフェを開くことになった。そしてそこで、千年間恋文を神様に配達している美しいあやかし——お猫様と出会う。彼と共に人々の恋を見守るうち、二人はゆっくりと恋の縁に手繰り寄せられていき——

◉定価：726円（10%税込）　◉ISBN:978-4-434-28791-6

◉Illustration：細居美恵子

貸本屋七本三八の譚めぐり

茶柱まちこ
Machiko Chabashira

書物狂、怪異を紐解く!

「本」に特別な力が宿っており、使い方次第では毒にも薬にもなる世界。貸本屋「七本屋」の店主、七本三八は、そんな書物をこよなく愛する無類の本好きであった。そして、本好きであるがゆえに、本の力を十全に発揮することができる。彼はその力を使って、悩みを持つ者たちの相談を乗ることもあった。ただし、どういった結末にするかは、相談者自身が決めなければならない——本に魅入られた人々が織りなす幻想ミステリー、ここに開幕!

◉定価:726円(10%税込)　◉ISBN:978-4-434-32027-9　◉Illustration:斎賀時人

お前は俺の運命の花嫁

は大正、処は日の本。周囲の人々に災いを呼ぶという噂から『不幸の
子様』と呼ばれ、家族から虐げられて育った名門伯爵家の長女・菫子。
うやく縁組が定まろうとしていたその矢先、彼女は命の危機にさらされ
しまう。そんな彼女を救ったのは、あやしく人間離れした美貌を持つ男
—神久月氷桜だった。
お前は、俺のものになると了承した。……故に迎えに来た」
こか懐かしい氷桜の深い愛に戸惑いながらも、菫子は少しずつ心を通
せていき……
れは、幸せを願い続けた孤独な少女が愛を知るまでの物語。

価：660円（10%税込み）　ISBN 978-4-434-31915-0

Illustration七原しえ

呪われた運命を断ち切ったのは優しく哀しい鬼でした

戦乱の世。領主の娘として生まれた睡蓮は、戦で瀕死の重傷を負った兄を助けるため、白蛇の嫁になると誓う。おかげで兄の命は助かったものの、睡蓮は異形の姿となってしまった。そんな睡蓮を家族は疎み、迫害する。唯一、睡蓮を変わらず可愛がっている兄は、彼女を心配して狼の妖を護りにつけてくれた。狼とひっそりと暮らす睡蓮だが、日照りが続いたある日、生贄に選ばれてしまう。兄と狼に説得されて逃げ出すが、次々と危険な目に遭い、その度に悲しい目をした狼鬼が現れ、彼女を助けてくれて……

定価：726円（10%税込み）　ISBN 978-4-434-31740-8

Illustration：白谷ゆう

不器用なあやかしと、
拾われた人の子。

美味しい
父娘(ふたり)暮らし

店や勤め先を持たず、客先に出向き、求めに応じて食事を提供する流しの料理人・剣(けん)。その正体は、古い包丁があやかしとなった付喪神だった。ある日、剣は道端に倒れていた人間の少女を見つける。その子は痩せこけていて、名前や親について尋ねても、「知らない」と繰り返すのみ。何やら悲しい過去を持つ少女を放っておけず、剣は自分で育てることを決意する——あやかし父さんの美味しくて温かい料理が、少女の傷ついた心を解(ほど)いていく。ちょっぴり不思議な父娘の物語。

◉定価:726円(10%税込)　◉ISBN:978-4-434-31342-4　◉Illustration:新井テル子

愛憎渦巻く後宮で
武闘派夫婦が手を取り合う！？

自国で虐げられ、敵国である湖紅国(ここうこく)に嫁ぐことになった行き遅れ皇女・劉翠玉(りゅうすいぎょく)。彼女は敵国へと向かう馬車の中で、自らの運命を思いポツリと呟いていた。翠玉の夫となるのは、湖紅国皇帝の弟であり、禁軍将軍でもある男・紅冬隼(こうとうしゅん)。翠玉は、愛されることは望まずとも、夫婦として冬隼と信頼関係を築いていきたいと願っていた。そして迎えた対面の日……自らの役目を全うしようとした翠玉に、冬隼は冷たい一言を放ち――？

チグハグ夫婦が織りなす後宮物語、ここに開幕!

定価:726円（10%税込み）

Illustration：憂

この作品に対する皆様のご意見・ご感想をお待ちしております。

おハガキ・お手紙は以下の宛先にお送りください。

【宛先】

〒150-6008 東京都渋谷区恵比寿4-20-3 恵比寿ガーデンプレイスタワー 8F
(株) アルファポリス　書籍感想係

メールフォームでのご意見・ご感想は右のＱＲコードから、
あるいは以下のワードで検索をかけてください。

ご感想はこちらから

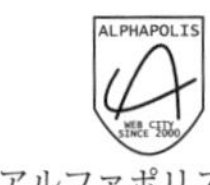

アルファポリス文庫

月華後宮伝3　～虎猫姫は冷徹皇帝と花に酔う～

織部ソマリ（おりべ そまり）

2023年 5月 31日初版発行

編集－加藤美侑・森 順子
編集長—倉持真理
発行者－梶本雄介
発行所－株式会社アルファポリス
〒150-6008東京都渋谷区恵比寿4-20-3 恵比寿ガーデンプレイスタワー8F
TEL 03-6277-1601（営業）　03-6277-1602（編集）
URL https://www.alphapolis.co.jp/
発売元－株式会社星雲社（共同出版社・流通責任出版社）
〒112-0005 東京都文京区水道1-3-30
TEL 03-3868-3275
装丁イラスト－カズアキ
装丁デザイン－株式会社ナルティス
印刷－中央精版印刷株式会社

価格はカバーに表示されてあります。

落丁乱丁の場合はアルファポリスまでご連絡ください。

送料は小社負担でお取り替えします。


ISBN978-4-434-31914-3 C0193